目次

ハツカネズミと人間

第一章

（カリフォルニア州モントレー郡の）ソルダードの数マイル南方の付近で、サリナス川は丘の斜面に沿うように流れ落ち、深い緑色の淵を作っている。水はまた温かい。サリナス川はこの狭い淵に達するまで、太陽の光をいっぱいに浴びた黄色い砂底をきらめきながら流れてきたからだ。川の片側の黄金色に輝く山麓の斜面は弧を描きながら、ごつごつとした険しい岩山のガビラン山脈に続いている。一方、渓谷側は川に沿って樹木が立ち並んでいる。冬の洪水が運んでくる様々なものを下葉の付け根の部分に絡ませたまま、毎年春ともなれば新緑の若葉に萌えるヤナギの木々や、まだら入りの白い大小の枝を淵の上にアーチ形に張り出しているスズカケノキなどだ。木の下の砂地には、乾いた落ち葉が厚く積もり、そこをトカゲが走り抜けるたびにカサカサと擦れる音がする。夕闇が迫るころになると、ウサギたちが茂みから出てきて砂地に座る。水際の湿った地面は、夜になると出没するアライグマの足跡や農場のイヌの肉球の跡、夜陰に乗じて水を飲みに来るシカの二つに割れた蹄（ひづめ）の跡に覆われる。一本の小径（こみち）がヤナギやスズカケノキの間を縫うように通っている。その小径は深い淵で泳ごうと農場からやって来る子供たちや、水辺で野宿をしようと、日暮れに州道から川まで降りてくる疲弊した路上生活者たちにすっかり踏みかためられていた。大きなスズカケノキの低く横に伸びた大枝の前には、幾度となく繰り返された焚き火（たきび）の灰が小山を成し、その大枝は、人が頻繁に座るせいで表面が擦れ、つるつるになっている。

暑い日差しが和らぐ夕暮れ時になると、微風（そよかぜ）が木立の葉をそよがせながら爽やかに吹く。そして、夕闇が丘をのぼって、その頂を包むのだ。砂地の土手の上では、ウサギたちが灰色の小さな石の彫刻の如（ごと）く身動き一つせず座っていた。すると、州道の方向からスズカケノキの乾いた落ち葉を踏む足音が聞こえてきた。ウサギたちはそっと姿を隠した。一羽の脚の長いサギが翼をさかんにばたつかせながら舞い上がり、川下のほうに飛び去った。しばらくの間、その辺りはひっそりと静まり返った。やがて、二人の男が小径から姿を現し、緑色をした淵の脇にある空き地にやって来た。

二人は縦に並んで小径を歩いてきたが、空き地に入っても後ろの男は相手の背後にへばりついたままだった。二人ともデニムのズボンを穿（は）き、真鍮（しんちゅう）のボタンが付いたデニムの上着を着ていた。どちらもくしゃくしゃの黒い帽子を被（かぶ）り、固く丸めた毛布の包みを肩にかけていた。先を歩いている男は小柄で敏捷（びんしょう）そうだ。顔は浅黒く、よく動く目に、鋭く、意志の強そうな面立ち。身体（からだ）のどこをとっても申し分なく、小さいが頑丈な手、しなやかな腕、肉の薄い細い鼻をしている。その後ろからついてくる男はまったく正反対で、図体（ずうたい）ばかり大きく、締まりのない顔、大きな青い瞳、そして幅広のなで肩。地面を擦るような少しばかり重い足取りは、クマのそれと似ていた。歩く時は両腕を振らず、だらりと下げたままだった。

　先頭の男が空き地で唐突に歩みを止めたので、後ろからずっとついて来た男は危うくぶつかりそうになった。前の男は帽子を脱ぎ、汗止めバンドを人差し指で拭うと、指で汗の滴を振り落とした。相棒の大男は丸めた毛布を下ろし、腹ばいになると、緑色の淵の表面に口をつけて水を飲み始めた。まるでウマのようにゴクゴクと激しく鼻息を吹き立てながら飲み続ける。小柄な男は不安げな様子で彼に近寄った。

「おい、レニー!」と厳しい口調で声をかけた。「レニー、そんなにがぶがぶ飲むなよ」けれど、レニーは鼻を鳴らしながら勢いよく水を飲み続けた。小柄な男は身をかがめて、相棒の肩を揺すった。「おい、レニー。また夕べみたいに気持ちが悪くなるぞ」

レニーは被っていた帽子もろとも頭を水に浸し、それから身を起こして水際に腰を下ろした。帽子からしたたり落ちる水が青い上着を伝わり背中を流れていく。「なかなかうまいぞ」と、彼は言った。「ちょっと飲んでみろよ、ジョージ。ほらたっぷり飲むといいよ！」レニーはにんまり笑った。

ジョージは肩の荷に手を添え、それをそっと地面に下ろした。「この水は飲んでも大丈夫なのか」と、彼は言った。「水面にカスのようなものが浮いているぞ」

レニーが熊のような大きな手で水面をバタバタと叩いて指先を小刻みに動かし、小さな水飛沫を上げた。水は幾重にも輪を描いて広がり、対岸に当たってこちら側に戻ってきた。レニーはその様子をじっと見ていた。「どうだい、ジョージ。見てみなよ。こんな風になるんだぜー」

ジョージは水際に跪いて、水を素早く手のひらですくって飲んだ。「味は思ってたより悪くないかな」と言ってうなずいた。「だが、どう見たって水が流れているような様子はない。たまってる水を飲んじゃダメだろ、レニー」と、どこか諦めたような顔でたしなめた。「お前ときたら、喉が渇いたらドブの水だってがぶ飲むんだから」ジョージは水をすくって顔にパシャッとかけ、顎の下や首の後ろを手で擦った。それから帽子を被り、水際から離れると、両膝を胸元へ引き寄せるようにして抱きかかえた。その仕草をまじまじと見ていたレニーは、ジョージのすることをそっくりそのまま真似た。まず水際から身を引き、両膝を引き寄せて抱きかかえた。レニーは正しくできたかどうか気になって、ジョージの格好に目をやった。帽子をもう少し目深に被って、ジョージの被り方に似せた。

ジョージは不機嫌そうな表情を浮かべて水を眺めていた。日光を過剰に浴びたせいか、目の縁は赤かった。「バスの運転手がいい加減なことを言わなきゃ、まっすぐ農場まで乗っていけたんだ」と、ジョージは怒りに任せて言った。「〈ここからほんの少し歩くだけ〉と、あの野郎は言ったんだ。〈少し歩くだけ〉だと！　挙句がこのザマだ。四マイル近くもある！　実際のところどうなんだ⁉　アイツはきっと農場の入り口まで行きたくなかっただけなのさ。そこまで行くのが面倒だったんだ、あの野郎。もしかしたら、ソルダードでも止まらなかったかもしれねえな。俺たちを放りだしやがって。〈ほんの少し歩くだけ〉とは。ありゃ四マイルどころの距離じゃねぇぞ。よりによってこんな暑い日に」

レニーは、おどおどとした様子でジョージのほうを見た。「なあ、ジョージ？」

「うん、何だ？」

「おらたちゃどこへ行くんだっけ？　ジョージ？」

小柄な男は帽子のつばをぐいっと引き下ろし、レニーに向けて眉を寄せてしかめっ面をした。「なんだよ、もう忘れちまったのか？　俺にもういっぺん言わせる気かよ？　お前って奴は。しょうがねぇ野郎だな！」

「忘れちまったんだ」と、レニーは、ぽつりと言った。「忘れちゃいけないと思ってたんだけど。正直、本当にそう思ってたんだよ、ジョージ」

「わかった、わかった。それじゃ、もういっぺん言ってやろうじゃないか。いまは何をしているわけでもないからなぁ。お前に話してやっても構わんさ。でもって忘れちまったらまた、話す。まあ、いつだって、こんな調子だ」

「おらぁ、忘れちゃいけない、忘れちゃいけないと思っているんだよ」と、レニーは言った。「けど、ダメなんだ。でもよー、ウサギのことなら忘れちゃいねえぜ、ジョージ」

「ウサギなんてどうでもいいさ。お前の頭の中にあるのは、いつだってウサギのことだ。よし！　もう一度話してやるから、今度はしっかり頭に叩きこんで覚えておけよ。あとで妙な面倒をかけるんじゃないぞ。レニー！　ところで、お前さんよ、ハワード通りの脇に座り込んで、あの黒板を見ていたことを覚えているか？」

レニーはにっこりした。「もちろん覚えてるさ、ジョージ。覚えてるけど……おらたちゃ、その時にどうしたっけ？　ああ、思い出した。たしか女の子たちが傍を通り過ぎようとしていた時、おめぇが何か話しかけたんだよな？　ええーと、何言ったんだっけ？」

「そんなこと、どうでもいい。それよりマレー&レディー紹介所に行って、労働許可証とバスの切符をもらったことを覚えてるか？」

「ああ、覚えてる。いま思い出したよ、ジョージ」レニーは両手を素早く上着の脇ポケットに突っ込んだ。それから小声で言った。「ジョージ……おらのがねぇ。なくしちまったみたいだ」と、気落ちして地面に目を落とした。

「お前なぁ、そもそも最初から持ってねぇんだよ。ほんとバカだな。俺が二枚とも持ってるんだから。あんな大事なものをお前に持たせておくと思うか」

レニーは、ほっとして思わずニンマリした。「おらぁ……てっきり脇のポケットに入れたと思ったんだが」彼は片手を再びポケットの中に突っ込んだ。

ジョージは鋭い視線をレニーに注いだ。「お前、いまそのポケットから何を取り出したんだ？」

「ポケットの中には何もないよ」と、レニーは彼なりに機転を利かせて言った。

「そりゃ、ポケットの中には何もないだろうさ。お前の手の中にあるんだからな。一体、何なんだ、そりゃ。隠すんじゃねぇよ」

「何も持ってないよ、嘘じゃねぇ、ジョージ」

「さあ、つべこべ言わずにさっさと出しな」

レニーは、握りしめた手をジョージから遠ざけた。「ただのハツカネズミだよ、ジョージ」

「ハツカネズミだと？　生きてんのか？」

「ううんー、もう死んじまってるよ、ジョージ。でも、おらぁが殺したんじゃねぇぜ。ほんとうだ！　見つけたんだよ、死んでる奴を見つけたんだ」

「とにかく、こっちによこせ！」

「なあ、いいだろ。おらぁが持っていても、ジョージ」

「早くよこせ！」

レニーは、握りしめていた手をゆっくり開いた。ジョージはハツカネズミを摘まんで淵の向こう側の藪の中へ放り投げた。「おい、レニー！　なんだって死んだハツカネズミなんか持ってたんだ？」

「歩きながら、ハツカネズミを親指で撫でて可愛がってたんだ」と、レニーは言った。

「言っておくが、俺と一緒に歩く時は、ネズミなんかに関わるなよ。それより、いまどこに向かおうとしているか思い出したか？」

レニーは一瞬、驚いた様子で、当惑して顔を膝の上に伏せた。「また忘れちゃった」

「おいおい、いい加減にしろよ」と、ジョージは呆れ顔で言った。「あのなー、いいかよく聞けよ。俺たちはこれから北で働いてたような農場で働くんだよ」

「北って？」

「ウィードのことさ」

「ああ、そうそう。ウィードなら、よく覚えているよ」

「これから向かう農場ってのは、ここから四分の一マイルほど先にあるんだ。いいか、俺たちゃ農場に着いたら、まず親方に会うことになってるからな。いいか、耳の穴かっぽじって、よく聞けよ。俺が二人分の労働許可証を親方に渡す。お前は一言も喋るんじゃないぞ。ただ黙って傍に立ってるだけで、口を開くんじゃねぇ。もし、お前がとんでもねぇマヌケ野郎だとわかっちまったら、仕事にありつけなくなるんだからな。お前が喋ったら万事休すだが、その前に、働きぶりさえ見てもらえれば大丈夫だ。わかったな？」

っけ？」

「じゃ、これから農場に行って親方に会おう。で、その時、お前はどうするんだった

「おらぁ……おらぁ」レニーは頭を絞って考えた。何とか思い出そうとして、レニーの顔が緊張した。「おらぁ……何にも言わずに、ただ突っ立っているだけだ」

「よーし。上等だ。二、三度繰り返して、そいつを頭の中に叩きこんでおけ」

レニーは、ブツブツ小声で繰り返した。「おらぁ何も言わねえ。おらぁ何も言わねえ。おらぁ何も言わねえ」

「よし、それでいい」と、ジョージは言った。「それと、ウィードにいた時のように、悪さを働くんじゃねぇぞ」

レニーは、戸惑った。「ウィードにいた時のように？　というと」

「やれやれ、それも忘れちまったのか？　まあいい。あんなこと繰り返されちゃたまんねぇから、忘れたままにしとくさ」

すると、レニーは思い出し、明るい顔になった。「そういやあ、おらたちゃウィードから放り出されたんだっけ」レニーは得意げに叫んだ。

「放り出された、だと？」と、ジョージはうんざりした顔をして言った。「こっちか

ら飛び出したのさ。向こうは俺たちを捜しまわったが、捕まえられなかったまでだ」

レニーは、さも嬉しそうに笑った。「ほら、忘れてなかったろ」

ジョージは砂の上に仰向けに横たわり、両腕を頭の下で組んだ。すると、レニーもその真似をして同じように横たわり、ジョージと同じようにできているかどうか、頭をもたげて確かめた。「お前って奴は、まったくもって世話の焼ける男だぜ」と、ジョージは言った。「お前さえ、ついてこなきゃ、俺の人生は気楽で愉快なものよ。もしかしたら、女だってできてたかもしれない」

レニーは、しばらく口を閉じて横になっていたが、やがて期待のこもる声で言った。「おらたちゃ、農場で働くんだよな、ジョージ」

「そうともよ。よく覚えてたな。でも、今夜はここで寝るぞ。ちょっとわけがあってな」

どんどん日が暮れていく。渓谷は夕闇に包まれ、わずかにガビラン山脈の頂上だけが陽の光で輝いていた。水ヘビが小さな潜望鏡のように頭をもたげ、体をくねらせながら淵の水面を音も立てずに滑っていく。岸のアシが流れの中で微かに揺らいでいた。遥か州道のほうで、男の大声が響き渡った。それに呼応するかのように、別の男が叫び返す。スズカケノキの枝が、そよ風に揺れて優しい音を立てたが、その風もすぐにやんだ。

「おい、ジョージ、どうして農場に行って晩飯を食わないんだ？　農場に行けば、食えるのに」

ジョージは身体を横向きにしてレニーのほうを向いた。「そんなこと、お前の知ったことか。とにかく俺はここがいいんだよ。明日からまた働くぞ。ここに来る途中、脱穀機が目に入った。明日は穀物袋運びで、くたくたになる。だから、今夜はここで夜空を見上げながら寝てんだよ。そういうのが好きなんだ、俺は」

レニーは膝をついて起き上がると、ジョージを見下ろした。「晩飯はどうするんだ？　食わねぇのか？」

「そりゃ、もちろん食うさ。お前がまとまったヤナギの枯れ枝を拾ってくればな。俺の包みの中にゃ、豆の缶詰が三個ある。だから、火を起こす用意をしな。枯れ枝が集まったらマッチを渡す。豆が温まったら、それが晩飯だ」

レニーは言った。「温めた豆の上にケチャップをぶっかけたらうまいぞ」

「そうか。でも、ケチャップなんかねえぞ。それよりも早く枯れ枝を集めてこい。途中で油売ってんじゃないぞ。あっという間に暗くなっちまうからな」

レニーはのろのろと立ち上がり、藪の中に消えていった。ジョージはそこに横になったまま、一人静かに口笛を吹いた。やがて、レニーが向かった川下のほうで水を跳ねちらす音がした。ジョージは口笛を吹くのをやめて、じっと耳を澄ました。

「哀れな野郎だ」と、彼はぼそっと呟くと、再び口笛を吹き続けた。

まもなく、レニーが藪の中からがさごそ音を立てながら戻ってきた。彼の手には一本のヤナギの枝が握られていた。ジョージは身を起こした。「おい！」彼はぞんざいに声をかけた。「そのネズミをこっちによこしな！」

しかし、レニーは知っていながら何も知らないふりをするのが精一杯だった。「ネズミって何のことだい？　ジョージ。おらぁネズミなんか持ってねぇよ」

ジョージは片手を差し出した。「いいから、それをよこせ。ごまかしたって無駄だぞ」

レニーは、もじもじしながら後ずさりし、逃げ出すタイミングを見計らうかのように藪のほうにむやみやたらに視線を向けた。ジョージは冷たい口調で言った。「さっさとそのネズミをよこせ。それとも痛い目にあいたいのか？」

「よこせって？　何を？　ジョージ」

「とぼけやがって。そのネズミだよ」

レニーは、しぶしぶポケットに手を入れた。彼の声はいまにも泣きそうだった。

「どうして、おらがこのネズミを持っていちゃいけないんだ？　誰のネズミでもないじゃないか。盗んだわけでもないし、道端で死んでたのを見つけたんだぜ」

ジョージは威圧的に手を差し出したままだ。まるでご主人様の手にボールを戻したくないテリア犬のように、レニーは何度もその手に近づいたり離れたりを繰り返した。ジョージが指を鋭くパチンと弾いた。その音につられて、レニーはネズミをジョージの手に渡した。

「おらぁ、このネズミに何も悪いことなんかしちゃいないぜ。指先で撫でてただけだ」

ジョージは立ち上がると、ネズミを力の限り遠くの暗くなっていく藪の中へ放り投げ、それから淵まで行って水で手を洗った。「お前って、ほんとバカだなぁー。お前がネズミを拾おうと川に入ったから足が濡れていることくらい、俺にはちゃんとわかってるんだ」彼はレニーのすすり泣くような声が聞こえたので、くるりと振り向いた。「赤ん坊みたいにめそめそ泣くのはやめろ！　お前って奴は、図体ばかりでかくなりやがって！」レニーは唇を小刻みに震わせ、その目には涙がじんわり浮かんできた。「なあ、レニー！」と言って、ジョージは手をレニーの肩に置いた。「お前からネズミを取り上げたのは、別にいじわるをしているわけじゃないんだ。あのネズミはもう腐りかけてたぞ。しかも、お前がいじくり廻すものだから、すでに元の姿じゃなくなってただろ。次にネズミを見つけたら、しばらく持たせてやる」

　レニーは、そのままボーッと地面に座り込み、しょんぼりと頭を垂れた。「ほかのネズミなんて、どこにいるんだよ。前は、おらによくネズミをくれた女の人がいたけど——。捕ったネズミ、全部、おらにくれたけど。でも、その女の人は、ここにゃいねぇし」

　ジョージは、フッと嘲るように笑った。「女の人だって？　へえ、それが誰だったかも覚えてねぇのか？　そりゃ、お前んところのクララおばさんだろう。しめぇにゃ、クララおばさんもネズミをお前にゃ渡さなくなったじゃないか。何しろ、お前は、もらったネズミをいつも殺しちまったからな」

　レニーは、悲しそうにジョージの顔を見上げた。「奴ら、とっても小さいんだ」と、レニーはすまなそうな顔をして弁明した。「可愛がって撫でてると、すぐ指を嚙むんだ。で、ちょっと首を捻ると死んじまう。ちっちゃ過ぎるんだよ。いますぐにでもウサギがほしいよ、ジョージ。ウサギなら、そんなにちっちゃくねぇだろ」

「ウサギだって、とんでもねぇ。生きたネズミだって、任せておけねぇってのに。クララおばさんがゴムのネズミをくれた時、まったく遊ぼうとしなかったじゃないか」

「あんなのちっとも可愛くないもん」と、レニーは言った。

夕暮れの輝きがガビラン山脈の頂から薄れゆき、夕闇が渓谷を包んだ。ヤナギやスズカケノキが茂る辺りは、だいぶ薄暗くなってきた。一匹の大きな鯉が淵の水面から顔を覗かせて空気を思いっきり吸い込むと、またどこへというあてもなく、暗い水底へ沈んでいった。その後には、幾重にも水の輪が広がった。頭上では木の葉が再び微かにそよぎ、ヤナギの小さな綿毛が風に吹かれて水面に落ちた。

「お前、薪はどうしたんだ？」と、ジョージはせっついた。「あのスズカケノキの後ろにたくさんあるはずだ。洪水が運んできた大量の木っ端がな。さあ、早く取ってこいよ」

レニーはスズカケノキの後ろに回って、枯れ葉と枯れ枝を一抱え持って来た。それらを盛り上がった古い灰の上に投げ落とし、もう一抱え、さらに一抱えと取りに引き返した。もう辺りは闇に包まれていた。水の上でハトが翼をばたつかせる音が聞こえた。ジョージは積み上げられた薪の山に近寄り、枯れ葉に火を点けた。すると、小枝がパチパチ音を立てて炎が燃え上がった。ジョージは自分の包みを解いて、豆の缶詰を三個取り出した。それらを炎に直接触れないように、焚き火の近くに置いた。

「四人分はたっぷりある」と、ジョージが言った。

レニーは、焚き火越しにジョージのほうをじっと見て辛抱強くくり返した。「おらぁ豆にケチャップをかけるのが好きだ」

「あるわけねえだろ、そんなものっ」ジョージは堪忍袋の緒が切れた。「お前ときたら、きまってないものをねだるんだから。いっそ、俺が一人だったらどんなに楽かしれねぇ、そんな風に思うぜ。仕事を見つけて働きゃいいだけの話だからな。面倒なことなどひとつも起こらねぇ。気軽に働いて、月末ともなれば五十ドルが手元に入ってくるし、街に出て、なんでもかんでも好き勝手に楽しめる。そうよ、一晩中、女を抱いていることだってできる。ホテルでもどこでも、好きな場所で、好き勝手に飲み食いできる。それも毎月、楽しめるだろうよ。好きなウイスキーをしこたま飲んだり、ビリヤード場でトランプやビリヤードもやり放題だ」レニーは膝をついて、焚き火越しに怒り心頭のジョージの顔を見詰めた。レニーの顔は恐怖で引きつっている。「ところが、このザマだ」と、ジョージはますます怒りを募らせた。「俺にゃ、お前っていうお荷物がいつも付き纏ってる。お前は一つの仕事が長く続かないし、俺がものにした仕事までぶち壊す。おかげでいつもあちらやこちらへと渡り歩く羽目になる。いや、そればかりじゃねぇ。何かと面倒なことを引き起こす。お前がヘマをした尻拭いは、いつだって俺だ」ジョージのがなり声は、だんだん高くなり叫び声に近くなった。「このバカ野郎。いつも俺が酷い目にあわされる」ジョージは小さい女の子たちが身振り手振りでお互いを真似るように、レニーのしゃべり方を真似て見せた。「〈おらぁ、ただあの女の子のドレスに触ってみたかっただけさ。ハツカネズミを撫でるみたいに〉――だけどよ、お前がドレスに無性に触れてみたかっただけなんて、一体、相手にどうしてわかるんだ？　女の子が驚いてさっと身を引こうとすると、お前ときたら、ネズミを捕まえたみたいに摑んだ服を放そうともしなかったじゃないか。女の子が金切り声を上げ、男連中の追跡をかわすために、俺たちゃ、一日中、灌漑用の水路の中に身を隠し、なんとか暗闇に紛れて、こっそりずらかる羽目に陥ってしまった。お前と一緒だと、いつだって、そんなことばかりだ――年がら年中。できることなら、お前を百万匹のネズミと一緒に檻の中にぶち込んで、勝手気ままにさせときてぇよ」彼の怒りは急に鎮まった。ジョージは焚き火越しに苦悶に歪むレニーの顔を見て、気詰まりな様子で炎に目を落とした。

辺りはもうすっかり暗闇に包まれていたが、焚き火の明かりが木々の幹や頭上の曲がった枝を照らし出していた。レニーは薪の炎の周りをゆっくりと、そして慎重に地面を這ってジョージの傍まで近寄ると、そこでしゃがみ込むように腰を落とした。ジョージは豆の缶詰の向きを変え、反対側も火に当てた。彼はレニーが傍にいるのに敢えて気が付かないふりをしていた。

「ジョージ」レニーは蚊の鳴くようなか細い声で呼びかけた。返事がない。「ジョージ！」

「何だよ？」

「ちょっとふざけただけなんだ、ジョージ。ケチャップなんかなくたっていいよ。たとえ、いまここにあっても、ケチャップなんかいらねぇよ」

「いまケチャップがありゃ、無論、食べたって構わねぇさ」

「けど、おらぁ、そんなもの食べねーよ、ジョージ。みんなおめぇにやるよ。豆にたっぷりケチャップをかけて食べりゃいい。おらぁ、指一本触れないから」

ジョージは不機嫌そうに焚き火を見詰めたままだった。「お前がいなかったら、毎日が気ままで楽しいだろうなと考えると、気が変になるぜ。何しろ気が休まる時がまったくないんだからなあ」

レニーは依然、身をかがめて座ったままだった。彼は川の向こう岸を覆う暗闇のほうに視線を向けた。「ジョージ、おらがどこか遠くへ行ってしまって、一人でいるほうがいいのか？」

「お前どこへ行けるってんだ？」

「どこへでも行けるさ。たとえば、あの丘の中だっていい。ちゃんと探せば、どこかに洞穴くらいあるだろ」

「それはともかく、どうやって食っていくんだ？　お前のそのおバカな頭じゃ食べ物なんか見つけられるもんか」

「なんとか見つけるさ、ジョージ。ケチャップかけたうまいものなんていらねえもの。陽だまりの中に寝っ転がってよー、誰かに酷いことをされる心配もない。ハッカネズミを見つければ、ずっと可愛がっていられる。誰もそれを取り上げやしない」

ジョージは何かを探り当てるような目つきで、さっとレニーのほうを向き、「俺が意地悪をしてるってのか、どうなんだよ？」

「おらにいてほしくないんなら、おらは丘に行って洞穴を見つける。いつでもそうするよ」

「いや、そうじゃないんだ。ちょっとふざけてみただけさ、レニー。もちろん、お前は一緒にいたい相棒だよ。ただネズミのことで困るのは、おめぇ、何かと言うとすぐ殺しちゃうだろ」彼は一呼吸おいて言葉を続けた。「じゃ、こうしようぜ、レニー。手に入り次第、子イヌをやる。まあ、子イヌなら、お前も殺しやしないだろ。ハツカネズミよりましなはずだ。たっぷり可愛がれるしな」

レニーは、ジョージの誘いに乗らなかった。自分が優位になったことを感じていたのだ。「もし、おらのことが邪魔なら邪魔だとはっきり言ってくれよ。おらぁ、あの丘に行く。あそこで気ままに暮らすさ。そうすりゃ、ハツカネズミを横取りされるなんてこともねぇし」

ジョージは言う。「俺はなぁ、お前に傍にいてほしいんだよ、レニー。いいか。もし、お前が一人であてもなくぶらついてたら、誰かにコヨーテと見間違われて撃ち殺されちまうぞ。だから、俺の傍にいろ。クララおばさんだって、もうすでに死んじまってるけど、お前が一人でふらっとどこかに行くのなんて望まないさ」

レニーはずる賢い表情を浮かべて言った。「話してくれよ、この前みたいに」

「何を話しゃいいんだ？」

「ウサギのことだよ」

ジョージは、鋭く言った。「おい、お前、あまり調子づくなよ」

レニーは懇願した。「なあ、ジョージ。話してくれよ。お願いだからよぉ、ジョージ。前みたいによ」

「おめぇ、あの話がほんとに好きだよな。仕方ねぇ話そうか。そうしたら、晩飯にしようぜ……」

ジョージの声はさらに深みを増した。彼はこれまで何度もしているように、調子よく話しはじめた。「俺たちみたいな、転々と場所を変えながら農場で働く渡り労働者は、この世でいちばん孤独な存在なんだ。何しろ、家族もいなければ、住む場所もねぇんだからな。農場に来ては、そこで額に汗してあくせく働く。その稼いだ金を握りしめて街に出て、ぱっと使い果たす。そうしたら、また新たな働き口の農場に向かい、汗水たらして遮二無二働くしかねぇ。明日の希望があるわけじゃねぇし」

レニーは、とてもうれしそうだった。「そうだ。そのとおりよ。それでおらたちゃ、どうだっけ」

ジョージは、言葉を続けた。「だがよ、俺たち二人はそうじゃねぇ。俺たちにゃあ、ちゃんと希望もあれば夢だってある。話す相手がいるし、気にかけてくれる相手もいる。どこにも行くところがないからと言って、酒場なんかで余計な散財をすることもねぇ。ほかの奴らは、いったんムショに入っちまえば、それっきり、どうなろうと誰も気にしちゃくれねぇ。けど、俺たちゃ違う」

レニーはそこで口を挟んだ。「けど、おらたちゃ違う！　なぜって？　そりゃ、つまり……おらたちにゃ、おらの面倒を見てくれるおめぇがいるし、おめぇにゃ、おらがいるからだ、そうだろ」レニーは顔を綻ばせた。「続きを話してくれよ、ジョージ！」

「おめぇ、すでに空で覚えてるんじゃないか。だったら自分でも話せるだろう」

「いや、できねぇよ。おらぁ、忘れちゃってるところもあるし。で、それからどうなんだ」

「わかったよ。いつか、二人で金を貯めて、小さな家と二エーカーほどの土地を手に入れ、一頭のめウシとブタを数頭飼う。そして——」

「そして、土地からとれる極上のものを食べて暮らすんだ」レニーは声高に叫んだ。「ウサギだって飼うんだ。続けてくれよ、ジョージ。野菜畑や小屋の中のウサギの話。そいでもって冬の雨やストーブの話も。牛乳の上の生クリームが厚く固まってなかなか切れない話とか。話してくれよ、ジョージ」

「どうして自分で話さないんだ？　全部知ってんじゃないか」

「いや……おめぇが話してくれよ。おらじゃダメなんだ。おらが話すと何か違うんだよ。続けてくれよ……ジョージ。おらがどうやってウサギの世話をするのか」

「そうさな」と、ジョージは言った。「俺たちゃ、大きな野菜畑を耕し、ウサギ小屋やニワトリの小屋を建てる。冬の雨の日には間違っても働かずストーブに火をたいてそれを囲み、屋根を叩く雨の音に耳を澄ます。——おっと！」彼はポケットからナイフを取り出した。「もうこれ以上話してる暇はねぇ」彼は豆の缶詰の蓋にナイフを突き立て、蓋をこじ開け、レニーに渡した。続けて二つ目の缶も開けた。脇のポケットから二本のスプーンを取り出すと、その一本をレニーに手渡した。

二人は焚き火の傍に腰を下ろし、缶詰の豆を口の中いっぱいに頬張って勢いよく食べた。いくつかの豆粒がレニーの口の端から零れ落ちた。ジョージはスプーンを使った身振りで促した。「なあ、明日、農場の親方に何か聞かれたら、何て答えるんだっけ?」

レニーは豆を嚙むのをやめて、それを呑み込んだ。そして必死に思い出そうとした。「おらぁ……おらぁ何も言わねぇ……そう、黙ってる」

「よーくできた! 素晴らしいじゃないか、レニー! だんだん事がわかるようになってきたな。二エーカーほどの土地を買ったら、お前には好きなだけウサギの世話をさせてやるからなぁ。こんなに物覚えがいいんなら、なおさらのことだ」

レニーは、得意満面で息が詰まりそうになった。「なぁ、おらぁ、覚えてたろ」

ジョージは、また持っていたスプーンを振った。「いいか、レニー。辺りの様子をよく見ておいてくれ。この場所なら覚えていられるだろ? 農場は向こうに四分の一マイルほど行ったところにある。この川に沿って行きゃ、辿り着くはずだ、な?」

「いいとも」と、レニーは言った。「この場所は覚えてられる。何も言わないってこと、あれだって忘れず覚えていたろ？」

「ああ、そうだ、しっかり覚えてた。そこでだ、よく聞けよ。前みたいに、何か面倒なことが起こったら、ここに来て茂みの中に隠れていろ」

「この茂みの中に隠れていりゃいいんだな」と、レニーはゆっくりとした口調で言った。

「そういうことだ。俺が来るまで、茂みの中に隠れてるんだ。お前ならできるよな？」

「もちろんできるとも、ジョージ。おめぇが迎えに来るまで茂みの中に隠れてるよ」

「それでも、面倒を起こすのはなしだ。もし起こしたら、ウサギの世話をさせちゃやらねえからな」ジョージは空になった缶を茂みに投げ捨てた。

「面倒を起こしたりするもんかよ、ジョージ。それに一言だって喋りゃしないさ」

「そうか、わかった。お前の毛布をこの火の傍に持ってこいよ。ここならよく寝れるだろう。寝ながら上を見りゃ、そこには青葉が群がってらあ。もう薪をくべる必要はないぞ。後は火が自然に消えるのを待てばいい」

二人は砂の上に寝床を作った。焚き火の炎が小さくなるにつれて、周辺を照らす範囲も小さくなっていった。曲がった枝が次第に見えなくなり、木の幹を照らす明かりもだんだん小さくなった。暗闇の中からレニーの声が聞こえた。「ジョージ——もう寝ちゃったかい？」

「いや、まだ寝ちゃいねぇよ。何だい？」

「せっかくだから、いろんな色のウサギを飼おうよ。ジョージ」

「わかった。そうしよう」と、ジョージはうつらうつらしながら答えた。「ありったけたくさんの数の赤、青、そして緑色のウサギを飼おうぜ、なあ、レニー」

「ふさふさのウサギもな、ジョージ。サクラメントの市で見た奴みたいな」

「ああ、わかった。ふさふさのウサギもな」

「場合によっちゃ、どこかへ行ってもいいんだよ、ジョージ。おらぁ洞穴の生活だっていいと思ってんだ」

「ごちゃごちゃうるせぇ野郎だなぁ、行きたきゃどこへでも行きゃいいだろ」と、ジョージは言った。「いい加減にして、もう黙って寝ろ」

燃えさしの輝きがかすかになってきた。川向こうの丘の上で、コヨーテが鳴き、川のこちら側からではイヌがそれに呼応した。わずかに吹く夜風に揺られてスズカケノキの簇葉(むらは)がさらさらと音を立てながら戯れていた。

第二章

飯場は細長い長方形の建物だった。内部は白い漆喰(しっくい)塗りの壁であったが、床は無塗装のままだ。三方の壁には、小さめの四角の窓が設けられ、もう一つには木製のかんぬきが装備された頑丈そうなドアがあった。壁に向かって八つの寝床が配置されていた。そのうちの五つには毛布が付され、残りの三つは目の粗い黄麻布がむき出しになっていた。それぞれの寝床の上の壁には、こちら側に向かって口を開けたリンゴ箱が釘付(くぎづ)けされ、寝床の主が自分の私物を納められるように二段の棚に整えられていた。そして、これらの棚には石鹸(せっけん)、汗止めや髭(ひげ)そり後などに用いるタルカムパウダー、剃刀(かみそり)などの小物類、あるいは農場の荒くれ連中が好んで読む、表向きは嘲笑しながらも内心は信じてやまない西部ものの雑誌などがぎっしり詰まっていた。また、棚の上には薬類や小瓶や櫛(くし)などが並び、リンゴ箱の横側に打ち付けられた釘には二、三本のネクタイがぶら下がっていた。一方の壁の傍には、鋳物製の黒い薪(まき)ストーブが設置され、その煙突が天井まで真っすぐ伸びている。部屋の中央部には、大きな四角いテーブルがあり、その上にはトランプのカードが散らばり、周りには椅子代わりの箱が並べられている。

朝の十時頃だったが、横の壁にある窓の一つから浮遊する塵をチラつかせながら明るい陽の光が射し込み、まるで流れ星のように、その光の中に入り込んだり出たりするハエが見えた。

木製のかんぬきが上がった。ドアが開き、背の高い猫背の老人が入ってきた。彼はデニムの作業服を着て、左手には大きな長柄の押し箒を持っている。その後にジョージが続き、それからレニーが入ってきた。

「親方はお前さんたちが夕べ来ると思ってたんだぞ」と、老人が言った。「今朝、お前さんたちがいなくて、仕事に行けなかったんで、酷くご立腹さ」老人は右腕で指示したが、袖口から覗いている手首は丸くなった棒のような形で、手がなかった。「そこの二つの寝床を使いな」老人はストーブの近くにある二つの寝床を示した。

ジョージはその寝床に近づいて、マットレス代わりの、藁が詰まった目の粗い黄麻布の袋の上に自分の毛布を投げた。彼は棚の箱の中を覗き込み、そこから小さな黄色い缶を取り出した。「おい、何だこりゃ?」

「知らねぇよ」と、老人は言った。

「おやおや、〈シラミ、ゴキブリ、その他の害虫に効果あり〉だとよー。よくもまあ、こんなひでぇ寝床をよこしやがって。俺たちゃ、シラミなんかまっぴらごめんだぜ」

年老いた雑役係は箒を持ち替えて、肘と脇の間に挟み、缶に手を伸ばした。彼は丁寧に取扱説明書を読んだうえで、「つまりな、こういうことなんだよ――」と、ようやく口を開いた。「つい最近まで、この寝床を使っていたのは鍛冶屋だったんだ。――そいつは実にいい奴で、とっても清潔好きな野郎でな。何しろ飯を食ったあとだって丹念に手を洗うほどだった」

「じゃ、何でシラミなんかが蔓延るんだ」と、ジョージは次第に苛立ちを募らせていく。レニーは隣の寝床に自分の包みを置いて座った。彼は口をぽかんと開けたまま、ジョージのほうを眺めていた。

「それはな、この鍛冶屋はだなぁ、――名前をホワイティというんだが――シラミなんかいなくても、そういうものを辺りに撒くような変わった男だったんだ――万が一に備えて、というわけさ。とにかく――飯の時間には、茹でたポテトの皮を注意深くむき、どんな小さな芽でも取り残しがないようにしてから食べる。それに、卵に赤っぽい点がありゃ、それも削ぎ落とす。挙句の果てにゃ、食べ物のことで、ここを辞めちゃった。まあ、そういう変わり者だったよ。――潔癖性なのさ。日曜日には、どこにも行かねぇのに、よそ行きの格好をし、ネクタイまで締めてずっとここで過ごしてたっけ」

「ほんとか？」と、ジョージは疑い深そうな一瞥を投げかけた。「で、そいつは何で辞めたって？」

老人は黄色い缶をポケットの中に納めると、手の甲でごわごわした白い頬髭を擦った。「何でって……よくあるように、ただ辞めたのさ。さっきも言ったように、食べ物がどうのと言っていたがね。別の働き口へ行きたかっただけだろう。ここを去る時に口にした理由は、食べ物のことだけさ。ある晩、唐突に〈暇をくれ〉と言ったんだ。どちらさんもご同様ってことさ」

ジョージは黄麻布のマットレスを持ち上げて、その下を覗き込んだ。それから、かがみ込んで麻布を丹念に調べた。レニーもすぐに立ち上がり、自分の寝床を同じように調べた。ジョージは、どうやら納得したようだ。毛布の包みを解くと、そこから剃刀、棒状の石鹸、櫛、錠剤入りの瓶、塗布薬、革製のリストバンド（腕輪）などを取り出して棚に並べた。それから、毛布で寝床をきちんと整えた。老人が口を開いた。

「もうすぐ、親方がここにやって来るが、今朝、お前さんたちがまだ来ていないんで、酷く怒っていたぞ。俺たちが朝飯を食べているところに来て、〈新入りは一体どこにいるんだ？〉と、怒鳴ってた。馬屋番も、とばっちりの被害を受けたほどだ」

ジョージはベッドに波打つ皺をぽんぽんと叩いて伸ばしてから、そこに腰を下ろした。「へえ、馬屋番まで被害を受けたって？」と、彼は尋ねた。

「そうさ。馬屋番は黒い奴なんだ」

「えっ、黒い奴？」

「そう、コイツがまたいい奴なんだよ。ウマにこっぴどく蹴られて背中が曲がっちゃいるがね。親方は怒ると、馬屋番に当たるんだ。だがよ、馬屋番はそんなことはちっとも気にしやしない。本が好きでな。奴の部屋にある本の数は半端ねぇよ」

「親方はどんな人だい？」と、ジョージは訊いた。

「ああ、とてもいい人さ。たまにすごく怒ることもあるけど、とてもいい人だ。ああ、そうだ。クリスマスの時だったかな？　ここにウイスキーを一ガロン持ってきて、〈みんな、ガンガン飲めや、年に一度のクリスマスだからな〉ってさ」

「そりゃ、豪勢だ！　一ガロン全部かい？」

「そうともよ。いい思いさせてもらったよ。その晩は、黒い奴も仲間に入れてのどんちゃん騒ぎだ。スミッティっていう名の小柄なラバ追い人が、ついつい黒い奴にちょっかいを出しちまったんだ。結構、派手にやったが、みんなスミッティに足を使わせなかったから、結局、黒い奴に軍配が上がったよ。スミッティに言わせりゃ、もし足を使えたら、奴は死んでたろう、とさ。黒い奴は背中が曲がってるから、周りにいた連中はスミッティに足を使わせなかったんだ」老人は思い出を愛しむように言葉を切った。「その後は、みんなしてソルダードに繰り出し、お祭り騒ぎさ。わしは遠慮したがね。もうそこまでの元気がなかったから」

レニーは、ちょうど寝床の支度を終えようとしていた。その時、木製のかんぬきがまた上がって、ドアが開いた。戸口にはずんぐりむっくりした男が立っていた。青いデニムの作業用ズボンを穿き、フランネルのシャツを着て、その上にはボタンを留めていない黒いベストと黒いコート。ベルトの四角いスチール製のバックルの両側に親指を突っ込んでいた。頭には薄汚れた茶色のステットソン帽（中折れのフェルトハット）を被り、拍車付きのウエスタンブーツを履いている。とにかく労働者でないことは一目瞭然だ。

年老いた雑役係は、ちらっとその男を見ると、手の甲で硬い白い頬髭を擦りながら、足を引きずるようにしてドアに向かった。「この二人はいま着いたところです」そう言って、男の傍を通り過ぎ、ドアから出ていった。

その男、すなわちこの農場の親方は脚の太い男にありがちな、歩幅の小さい、せかせかした足どりで部屋の中に入った。「マレー＆レディー紹介所宛には、今朝から働ける男が二人ほしいと書いた。お前たち、作業指示書を持ってるだろうな？」ジョージはポケットに手を入れ、指示書を取り出すと、それを親方に手渡した。「マレー＆レディー紹介所の落ち度じゃなかったわけだ。お前たちは今朝から働くからそれまでにここに着くよう、ちゃんと書いてある」

ジョージは自分の足元に視線を落とした。「乗車したバスの運転手が、でたらめを言ったもんで」と、彼は言った。「十マイルも歩く羽目になったんです。農場に着いてもいないのに、着いたと言われて。おまけに、朝早かったんで、乗せてくれそうな車も見つからなくて」

親方は軽く目を細めてちらっと見た。「いずれにしても、俺は、二人足りないまま穀物運びのチームを出さにゃならなかった。いまから行ったってしょうがない、すぐに昼飯だ」親方はポケットから就労スケジュールが載っている手帳を取り出して、鉛筆が挟んである頁（ページ）を開いた。ジョージはレニーに向かって、意味ありげにしかめ面をした。レニーは心得ているとばかりにうなずいた。親方は鉛筆を舐（な）めて芯を湿らせると、「お前の名前は、何というんだ？」

「ジョージ・ミルトンです」

「で、そっちは？」

ジョージが答えた。「コイツは、レニー・スモールです」と。

二人の名前が親方の手帳に書き込まれた。「ええと、今日は二十日だよな。二十日の正午だな」と言って、手帳を閉じた。「ところで、お前ら、これまでどこで働いていたんだ？」

「ウィード辺りです」と、ジョージは答えた。

「お前もか？」と、親方はレニーにも訊いた。

「はい、コイツも同じです」と、代わりにジョージが答える。

親方はからかうような仕草でレニーを指さした。「こっちの男はあまり喋らないな、ええ？」

「ええまぁ、あまり喋りませんが、働きっぷりは抜群です。まるでウシみたいに力があるんです」

レニーは、ニコッと笑みを漏らした。そして、「ウシみていに力がある」と、ジョージの言った言葉を繰り返した。

ジョージは、レニーをにらみ、レニーは、言い付けをうっかり忘れたことに気づいておどおどと頭を垂れた。

親方がいきなり声をかけた。「おい、スモール！」レニーは頭を上げた。「お前、何ができるんだ？」

慌てふためいたレニーは、ジョージを見て助けを求めた。「言いつけられたことは、何でもできますよ」と、ジョージが答えた。「ラバを扱うのもうまいし、穀物袋運びだってお手のもん、耕耘機（こううんき）だって使いこなせる。何だってできますから大丈夫です。まあ、やらせてみてください」

親方はジョージのほうに顔を向けた。「じゃ、何でこの男に喋らせないんだ。お前、何を企（たくら）んでいるんだ？」

ジョージは、つい大きな声で言葉を遮った。「まさか！　俺はこいつが賢い男だとは一言も言っていません。実際、そうじゃないですから。でも、真面目な働きっぷりは保証します。四百ポンドの重い俵だって難なく運べますよ」

親方はゆっくりとポケットの中に小さな手帳を納めた。彼は両方の親指をベルトに差し込んで、片目を閉じんばかりに細めた。「おい、お前、一体何考えてんだ？」

「はあ？」

「お前、この男を使って、何か儲(もう)けようって魂胆なのか？　コイツの分まで巻き上げようとしてるんじゃないだろうな？」

「とんでもない。俺がこいつを騙(だま)して儲けようとしてるなんて、どうしてそんな風に思ったんですか？」

「俺はこれまでお前のように、他人のことに一生懸命になってる人間に会ったことがないんでね。お前にどんな得があるのか知りたいだけさ」

　ジョージは言った。「コイツは俺の……いとこなんです。コイツのお袋さんに、世話をすると約束したもんで。コイツは子供のころ、馬に頭を後ろ足で蹴飛ばされたんです。身体はいたって丈夫なんですが、ただちょっと頭の働きが悪くて。ですが、言いつけられたことは何でもできます」

　親方は幾分、顔をそらした。「まあ、大麦入りの袋を運ぶのに、知恵は必要ないな。しかし、おかしな真似はするなよ、ミルトン。お前には目を光らせてるからな。で、ウィードの仕事はなぜ、辞めたんだ？」

「終わったんです」と、ジョージは咄嗟(とっさ)に答えた。

「どんな仕事だ？」

「俺たちは……俺たちは汚水用の穴を掘ってました」

「まあ、いいだろう。だが、何事もごまかしゃダメだぞ。そんなことをしたって、ろくなことはない。これまで小賢しい奴らには幾度も会ってるんだ。飯を済ませたら、穀物を運搬する連中と一緒に行け。脱穀機のところから大麦を運ぶ仕事だ。スリムのチームに入れ」

「スリム？」

「背の高い図体のデカいラバ追いだよ。飯の時に会えるはずだ」親方は不意に背を向けるとドアに向かって歩き出したが、外へ出る前に振り返って、しばらくの間、二人をじっと見ていた。

　親方の足音が聞こえなくなると、ジョージはレニーのほうに向きを変えた。「おい、一言も言わない約束じゃなかったか。そのでっかい口を結んで何も言わず、その代わりに俺がしゃべることになってたんじゃないのか。もう少しで、危うく仕事がチャラになるところだったぞ」

　レニーはしょんぼりして自分の両手をじっと見詰めた。「忘れちまったんだよ、ジョージ」

「ああ、そうだ。お前は忘れちまった。お前はいつも忘れちまうからな。だから、俺がまたお前に言い聞かせなきゃならない」ジョージは、どっかと寝床に腰を下ろした。「厄介なことに親方に目を付けられちまったじゃないか。これからは、せいぜい気をつけなきゃな。妙なドジを踏むんじゃないぞ。口は災いの元だ。これからはその大口をしっかり閉じておけ」ジョージはそう言うと、不機嫌そうに黙り込んだ。

「ジョージ」

「今度は何だ?」

「おらぁ、馬に頭を蹴られたことなんてないだろ、ジョージ」

「むしろ蹴られりゃよかったんだ」と、ジョージは邪険に言った。「そのほうが、他人に迷惑をかけずに済んだんだよ」

「おめぇ、おらのことをいとこ、だと言ってたよな、ジョージ」

「ありゃ嘘に決まってるだろ。嘘でよかったよ。お前の親類だったら、とっくに首くくって死んじまってらぁ」ジョージは突然、口を閉ざすと、開けっぱなしの扉のところに行って外を覗いた。「おい、何を盗み聞きしてるんだ?」

老人がのろのろと部屋の中に入ってきた。その手には箒が握られている。そして、彼の後からは、一匹の牧羊犬が足を引きずりながらついてきた。鼻づらが灰色で、老いぼれて薄青い眼も見えない状態だった。イヌはよたよたとどうにか部屋の壁際に辿り着くと、低い唸りをもらしてそこに横たわり、擦り切れた灰色の毛並みを舐め始めた。年老いた雑役係はイヌが落ち着くまで、その様子を見守っていた。「盗み聞きなんかしちゃいねえよ。ただ、ちょっとばかり、日陰に立ってこいつの背中を掻いてやってただけだよ。たったいま洗濯場の掃除が終わったもんでな」

「そのデカい耳をそばだてて俺たちの話を聞いてたくせに」と、ジョージは言った。「誰にも余計な詮索はされたくない」

　老人はおずおずとジョージからレニーへ目を移し、再びジョージに目を戻した。「俺は、いま来たばかりだよ。だからお前さんたちの話なんか、聞かなかった。お前さんたちの話に興味もないしな。農場で働く者は、人の話を盗み聞きしたり、詮索したりしないもんだ」

「そのとおりさ」ジョージは幾分表情を和らげた。「長く働こうと思うならな」彼はとりあえず雑役係の弁解にほっとした。「まあ、ここに来て、ちょっとは休んだらどうだ」と、彼は言った。「それにしても、ずいぶん老いぼれたイヌだな」

「ああ、子イヌの時分からずっと飼ってんだよ。若い時は、立派な牧羊犬だったんだ」雑役係は箒を壁に立てかけて、片手の甲でごわごわの白い頬ひげを擦った。「親方はどうだったね？　気に入ったかい？」と、彼は尋ねた。

「かなりね。いい人みたいだ」

「いい人だよ」と、雑役係は同意した。「見たとおりの人だよ」

その時、若い男が飯場に入ってきた。茶色の顔をした痩せ型の若者で、眼も茶色、そして強く縮れた頭髪だ。彼は左手に作業用の手袋を嵌め、親方と同じように踵の高いウェスタンブーツを履いていた。「親父を見なかったか?」と、彼は尋ねた。

雑役係が答えた。「ついさっきまで、ここにいましたよ、カーリー。調理場のほうじゃないかと思うがね」

「それじゃ、行ってみるとするか」と、カーリーは言った。彼は新入りの二人に視線をさっと流し、ふと足を止めた。そして、ジョージを冷淡な目つきで見ると、今度はレニーに視線を移した。両腕が徐々に肘の辺りで曲がり、両手が拳を作る。体を硬くこわばらせて、いくらか前屈みの姿勢になった。一瞬にして目つきが鋭くなり攻撃的になる。レニーは不穏な目つきに、不安にかられ、もじもじして足を動かした。カーリーは非常に用心深く、レニーに近づいた。「親父が待っていた新入りというのは、お前たちか?」

「俺たちは、たったいま着いたばかりだ」と、ジョージが言った。

「そのデカいのに喋らせろ」

レニーは困って身をよじった。

ジョージは言った。「コイツが喋りたくないとしたら？」

カーリーは、ぐるりと向きを変えた。「何だと。いいか、話しかけられたら、それに応えるもんだ。余計な口出しをするな」

「俺たちゃ、いつも一緒に旅をしてんだよ」と、ジョージは無愛想に言った。

「へぇ、そういうわけかい」

ジョージは一瞬身をこわばらせた。「そうさ、そういうわけだ」

レニーはどうしたらよいかと、おどおどしながらジョージのほうへ目を泳がせた。

「それでこのデカい奴に喋らせないのか」

「コイツだって、喋りたきゃ、喋るさ」彼はレニーに向かって軽くうなずいた。

「俺たちは、いま来たばかりだ」と、レニーは小さい声で言った。

カーリーは、レニーを真向から睨(にら)みつけた。「ふん、今度、話しかけられたら返事ぐらいしろよ」そう言うと、カーリーは、いくらか肘を曲げたまま背を向けて出ていった。

ジョージは彼が出ていくのを見届けると、それから雑役係に向き直った。「なあ、どうしてアイツは、あんな風に突っかかるんだよ？　レニーは何もしてないのに」

老人は扉のほうを注意深くうかがい、誰も聞いていないことを確認した。「あれは、親方の息子なんだよ」彼は低い声で言った。「結構、腕っぷしが強いんだ。リングじゃ、それなりに活躍してた。ボクシングのライト級のクラスじゃ、強かったようだぜ」

「そいつは結構だが」ジョージは言い返した。「だからって、レニーにからむことはねぇだろう。レニーが奴に何をしたっていうんだ。何だって、あんな風にレニーに因縁をつけるんだよ?」

雑役係は考え込んだ……「ううん……そうだなぁ。カーリーっていう男はたいていの小男と一緒で、とにかく大きな男が嫌いなんだ。だから、いつもデカい男を見かけると、難癖をつける。自分が小っちゃいもんだから、デカい男を見ると、ムカつくんだろうな。そういう小男に出くわしたことあるだろう? いつも喧嘩腰の奴を?」

「まあな」と、ジョージは納得した。「タフな小男はたくさん見てきたよ。でも、カーリーの奴、レニーだけはマジで嘗めてかからないほうがいい。レニーは器用じゃないが、本気を出したら、カーリーなんかひとたまりもない」

「カーリーは、そこそこ強いぞ」雑役係は得心がいかない様子だ。「アイツのやり口は、とにかく汚ぇんだよ。たとえばだよ、奴が大男に躍りかかって、相手をやっつけたとする。そうすりゃ、みんながよくやった、と奴を褒め称える。ところが反対に大男にやられたとする。するってえと、こんな小さいのを本気で相手にするなんて、と大男は悪者にされ、酷い時には、みんなに袋叩きにあう。まったく、アイツは卑怯の王様だぜ。どっちに転んでも損をしないように立ちまわるんだから」

ジョージは扉に目を注いでいた。そして、不気味な口調で言った。「とにかく、カーリーはレニーには気をつけたほうがいいぜ。たしかにレニーは争い事は嫌いだが、腕力は半端じゃないし、すばやいうえにルールなんてまったく知らねえからな」ジョージは四角いテーブルのほうに歩み寄り、置いてある箱の一つに腰かけた。散らばっていたトランプのカードをかき集めて、ゆっくりシャッフルし始めた。

老人も別の箱に腰を下ろした。「俺がいま言ったことをカーリーには言わないでくれよ。ばれたら殺されちまう。あいつは人のことなんか、どうでもいいんだ。自分の親父が親方だから、何をしようがクビにゃなんねぇからな」

ジョージは切ったトランプを、順に一枚ずつ見ながら捨てていった。そして、彼は言った。「あのカーリーってガキは、ろくでなしみたいだな。俺はゲスなチビ男なんか大嫌いだ」

「このところ、ますます悪さが目立ってきたようだ」と、雑役係はそっと漏らした。「二週間ほど前に結婚してな。女房と親方の家に同居してるんだが、結婚以来、これまでよりもっと威張ってるみたいだ」

ジョージはうなるように言った。「女房に、いいとこを見せてえのかもしれねえな」

雑役係の噂話に熱が入ってきた。「アイツの左手の手袋に気づいたろ？」

「ああ、見たよ」

「あの手袋の中にはワセリンがいっぱい詰まってんだよ」

「ワセリンが？　一体、何のために？」

「うん、あのな――カーリーが言うには、新婚の女房のために左手を滑らかにしておくんだとよ」

ジョージはトランプのカードをじっと見ていた。「そんな下劣で卑しいこと、よくもまあ言えたもんだなぁ」

雑役係は気をよくした。カーリーをけなす言葉をジョージから引き出したからだ。これで二人の間の距離が一気に縮まったと安堵し、雑役係はこれまでより自信を持って話し出した。「まあ、カーリーの女房を見ればわかるさ」

ジョージは再びトランプを切り、ソリティア（一人トランプ）をするために、ゆっくり慎重にカードを一枚一枚並べていった。「別嬪なのか？」と、ジョージはそれとなく彼に訊いた。

「まあ、別嬪だな……けど――」

ジョージはカードをじっと見ていた。「けど、何だ？」

「それが――あの女は男に色目を使うんだよ」

「へえ？　結婚してまだ二週間っていうのに、もう色目を使うって？　それじゃ、カーリーが、ピリピリしてんのも無理ねぇな」

「実際、俺はあの女がスリムの気を引こうとしているところを見たんだ。スリムっていうのは、ラバ追いの達人さ。実にいい男なんだ。穀物運びのチームでも、踵の高いブーツなんか必要ないから履かない。俺はあの女がスリムに流し目を送って気を引こうとしているところを見たんだよ。カーリーはまだ気づいていやしないけど。それどころかカールソンにも色目を使ってるんだ」

ジョージは、まったく関心がなさそうなふりをした。「どうやら、面白くなりそうだなぁ」

雑役係は座っていた箱から立ち上がった。「俺がどう思っているか、知りたいか？」

ジョージは、それに答えなかった。「カーリーはとんだ尻軽女と結婚したものだなあと思うよ」

「そんなのは、アイツが最初ってわけじゃねえさ」ジョージは言った。「世の中にや、そんな例はごまんとあらーな」

老人は戸口のほうへ歩いていった。老犬が頭をもたげ、周囲を見回すと、辛(つら)そうに起き上がって老人の後を追った。「洗面器を用意しねえと。そろそろチームのみんなが帰ってくるころだ。お前さんたちは大麦を運ぶのかい？」

「そうだ」

「俺が言ったことはカーリーには内緒に頼むぜ、いいかい？」

「ああ、大丈夫だ」

「まあ、あの女をよく見るんだな。あの女があばずれかどうかわかるだろうよ」彼はドアを出て明るい陽射(ひざ)しの中に消えていった。

ジョージは考えながらカードを並べ、三つ目の列のカードをめくった。彼はエースの組の上に四枚のクラブを載せた。窓からの陽射しが、床に四角い日だまりを作り、ハエがその中を火花のように飛び抜けていく。馬具が鳴る音や重い荷を積んだ車軸のきしむ音が聞こえてきた。遠くからの呼び声がはっきり聞こえた。「おーい。馬屋番。馬屋ばーん！」それから間をおいて、「あの黒いのは、一体どこに行ったんだ？」

ジョージは一人でソリティアの手を見詰めていたが、カードをかき集めるとレニーのほうを向いた。レニーは寝床に横になり、ジョージを見ていた。

「なあ、レニー！　どうやらここは働きやすいところじゃなさそうだぜ。心配だよ。お前があのカーリーって奴と揉め事を起こしそうで。ああいう男は嫌ってほど見てるんだ。奴はお前の様子をうかがってるぞ。お前を脅しておいて、機会をつかみ次第殴ってくるに違いない」

レニーの目に怯えに似た色が浮かんだ。「おらぁ揉め事なんて、御免だよ」レニーは悲しげに言った。「アイツにおらを殴らせないでくれよ、ジョージ」

ジョージは立ち上がり、レニーの寝床へ近寄ると、そこに腰を下ろした。「俺は、ああいう男が大嫌いだ」彼は言った。「これまで、あの手の男はたくさん見てる。さっきのじいさんが言うように、カーリーは危険を冒さねぇ。常に自分が勝つように仕組む」ジョージは、しばらく考え込んだ。「もし、お前と面倒なことになりゃ、レニー、俺たちゃ問答無用でクビだ。そこんところを間違わねぇようにしないとな。何しろ奴は親方の息子なんだから。いいか、レニー。奴に近づかないようにしろよ、いいな？　アイツと口をきくんじゃねぇぞ。もし、奴が部屋に入ってきたら、部屋の端っこのほうに行くんだ。わかったな、レニー？」

「おらぁ、厄介なことに巻き込まれるのは御免だ」と、レニーは悲しそうな表情を浮かべて言った。「おらぁアイツに何もしねえよ」

「けどな、カーリーの野郎が腕っぷしの強いところを見せようとすりゃ、お前が奴に何もしなくたってどうにもならない。とにかく奴と関わるな、そのことを覚えておけよ、いいな？」

「もちろんさ、ジョージ。何にも言わねぇよ」

穀物運びのチームが近づく音が次第に大きくなってきた。大きな蹄が硬い地面を叩く音、ブレーキのきしむような音、引き鎖のガチャガチャ鳴る音などが耳に届いてきた。チームの男たちが互いに声をかけ合っている。ジョージはレニーの傍で寝床に腰を下ろしたまま眉間に皺を寄せて考え込んでいた。レニーがおどおどした調子で尋ねた。「怒ってないよな？　ジョージ」

「お前のことは怒ってないよ。俺はあのカーリーの野郎に腹を立ててるんだ。二人で少しばかり、――そうだな、百ドルばかり稼ぎたいと思ってたんだが」ジョージはきっぱりした口調で言い切った。「レニー、お前は絶対にカーリーに近寄るな。いいな？」

「わかってるよ、ジョージ。一言も喋らねぇよ」

「とにかく、アイツに捕まるんじゃねぇぞ。だが、――もしもだよ、あのバカ野郎がお前を殴ってきたら、――一発喰らわしてやれ」

「喰らわすって、ジョージ、何を？」

「何でもない、気にすんな。その時は俺が言うからよ。とにかく、俺はああいう男が大嫌いだ。いいか、レニー、もしも、厄介なことになったら、どうするか、俺が教えたこと、覚えてるか？」

レニーは片肘をついて体を起こした。口元を歪めて、考え込む。それから、悲しそうな目でジョージの顔を見た。「おらが厄介なことになったら、ウサギの世話をさせてくれねぇんだろ」

「そんなこと、誰も言っちゃいねえよ。昨日の晩、俺たちが寝た場所を覚えてるだろう？　あの川っぷちの？」

「ああ、覚えてる。しっかり覚えてるぜ！　おらぁあそこに行って、茂みに隠れるんだ」

「そうとも、俺が行くまで隠れてんだぞ。誰にも見つからないようにな。川っぷちの茂みに隠れているんだ。もう一度言ってみろ」

「あの川っぷちのほとりに隠れてるんだ。川っぷちの茂みに」

「もし、お前が面倒なことになったら」

「もし、おらが面倒なことになったら」

外でブレーキを踏んだ時に鳴るキィーというきしむ音がした。そして、呼び声が上がった。「馬屋ばーん、おーい！　うまやばーん」

ジョージは言う。「いいか、忘れないように何度も繰り返しな、レニー」

扉から射し込む長方形の陽射しが遮られ、二人は顔を上げた。女が戸口に立って、中を覗いているではないか。ぽってりとした厚い唇に口紅を塗り、目と目の間が離れた厚化粧の女だ。爪も赤く塗り、髪の毛はソーセージのような、小さな房飾りとなって垂れていた。コットン地の普段着に、甲の部分がダチョウの赤い羽根で飾られた赤いサンダルを履いている。「カーリーを捜してるの」と、彼女は鼻にかかった甲高い声で言った。

ジョージはいったん視線をそらし、また戻した。「さっきまでここにいたけど。出ていきましたよ」

「あら！」と、彼女は両手を後ろに回して、戸の枠に寄りかかり、身体を前に突きだした。「アンタたち、来たばかりの新人ね？」

「ええ、まあ」

レニーは彼女の頭のてっぺんから爪先まで舐めるように視線を這わせた。彼女は、レニーのほうに視線を向けているとは思えなかったが、ツンと顔を上げて頭をそらした。それから、自分の手の爪に目をやった。「カーリーは、たまにここにいることがあるから」と、つぶやく。

ジョージはそっけなく言った。「でも、いまはいませんよ」

「だったら、ほかを捜したほうがいいわね」と、彼女はおどけた調子で言った。

レニーは彼女をうっとりと眺めていた。ジョージは言った。「もし彼を見かけたら、アンタが捜していたことを伝えておきますよ」

彼女はいたずらっぽい笑みをこぼし、身体をくねらせた。そして、「人を捜してるのは、別に悪いことじゃないでしょ」と、彼女は言った。後ろで誰かが通る足音が聞こえ、彼女は振り向いた。「あら、スリムじゃないの」と、彼女は声をかけた。

ドア越しにスリムの声が聞こえてきた。「よー！　別嬪さん」

「アタシ、カーリーを捜してるのよ、スリム」

「それほど本気で捜しているようでもないようだな。奴さんはさっきあんたの家に入っていったぜ」

彼女は、急に不安そうになった。「じゃあね、バイバイ」と、彼女は飯場の中に向かってそう言うと、急ぎ足で立ち去った。

ジョージはレニーのほうを向いた。「まったくひでぇ、あばずれだ」と、ジョージは言った。「カーリーはあんな女を女房にしたのか」

「でも、きれえな人だ」と、レニーは擁護するように言った。

「まあ、たしかにそうだな。あれじゃカーリーも手を焼くだろうよ。ありゃ、二十ドルでもチラつかせれば、確実についてくる尻軽女だ」

レニーは、まだ、女が立っていた場所にじっと目を注いでいた。「ああ、きれえな人だー」彼はうっとりと微笑(ほほえ)んだ。ジョージはレニーをぱっと見下ろすと、片方の耳たぶを摑(つか)んでゆすぶった。

「おい、よく聞け、このバカ野郎が」と、彼は荒々しく言い放った。「今後いっさい、あのあばずれ女に目を向けるんじゃねぇぞ。あの女が何を言おうが、何をしようが、知ったこっちゃねぇ。これまでも結構、いろんな毒婦も見てきたけどよ。あれほど酷いのは初めてだ。お前、あんな女に構うんじゃないぞ」

レニーは耳を振り放そうと、もがいた。「おらぁ何もしてねぇよ、ジョージ」

「ああ、たしかにお前は何もしてねぇ。でも、あの女が戸口に立って、脚を見せびらかしてた時、じっと見てただろう」

「悪気があったわけじゃねぇんだ。信じてくれよ、なあジョージ」

「とにかく、あの女に近づくな。あれは男を振り回して、挙句の果て不幸にする女だ。そんな不幸な種はカーリーに任せとけ。あいつの場合は自業自得だ。手袋の中はワセリンでいっぱいか」ジョージは露骨にさげすむような表情を浮かべて吐き捨てた。「アイツは、きっと、生タマゴを飲んで体力増強に励み、効き目が強い精力剤を買い込んでるんだろうよ」

レニーが突然、声を上げた。――「おらぁ、こんなとこ嫌えだ。ちっともいいとこじゃねえよ。ここから出ていきてえよ」

「俺たちゃ、ここで稼ぐまで辛抱するしかない。仕方ねぇんだ、レニー。金さえ入ったら、すぐに出ていこう。俺だってお前と同じだ。ここは好きじゃねぇよ」ジョージはテーブルに戻って、再びソリティアを始めた。「ああ、俺だって嫌いだよ」と、ジョージは言った。「手持ちの金が二十五セントでもありゃ、ここを出て別の場所に行くさ。もし、二、三ドル手に入ったら、ここを出て例のアメリカ川を遡り、砂金を採ろう。あそこなら、一日に二ドルは稼げるだろうし、うまくいきゃ、ひと財産築くことだって夢じゃねぇ」

レニーは、いそいそと思わずジョージのほうに身を乗り出した。「行こうよ、ジョージ。ここから出ていこう。こんなとこ、嫌だ」

「いまはここにいるしかないんだ」と、ジョージはぶっきらぼうに言った。「もう口を閉じろ。奴らが入ってくるぞ」

近くの洗い場から水を流す音と洗面器が擦れる音が聞こえてきた。ジョージはトランプに目を向けた。「たぶん、俺たちも洗ったほうがいいんだろうが、汚れるようなことはしてねえからな」

背の高い男が、戸口のところに姿を現した。くしゃくしゃのステットソン帽を小脇に抱え、長くて濡れた黒い髪をまっすぐ後ろにとかしつけている。ほかの連中と同じように、ブルージーンズに短めのデニムの上着を着ていた。彼は髪をとかし終えてから、部屋の中に入ってきたのだが、その歩く姿には、まるで君主か名工のような威厳が漂っていた。彼はこの農場きってのラバ追いの名手で、十頭、十六頭、二十頭ものラバたちを先頭のラバまで綱一本で御することができるという。彼は引き具を付けた後方のラバの尻に止まったハエを、ラバの体に触れることなく長いムチを使って叩き落とすこともできた。その泰然とした態度で、彼が話し出すと、周囲の者たちはみんな静かに耳を傾ける。彼の権威は絶大で、政事であれ、恋愛事であれ、どんなことに関しても彼の言葉は受け入れられる。この男がラバ追いの名手スリムだった。面長の顔からは、実年齢の推定が困難だ。三十五歳にも五十歳にも見えた。耳は人に言われたこと以上のことを聞きとるし、ゆっくりとした口調で語る言葉には、単なる思慮に留まらず、その思慮を超えた理解の深さがうかがえた。大きいがほっそりとした手は、神殿の踊り子のように優美に動く。

彼はつぶれたステットソン帽を元の状態に戻し、真ん中に折り目を付けてそれを被った。そして、飯場にいる二人を思いやりのある目で見た。「外がすごく明るいもんで」と、穏やかに言った。「ここに入ると、しばらく何も見えないんだ。あんたたちは新入りかな？」

「いま来たばかりです」と、ジョージ。

「大麦の運搬かい？」

「親方からはそう言われてます」

スリムは、テーブルを挟んでジョージの向かいにある箱に腰を下ろした。そして、逆向きのソリティアのカードを眺めた。「俺のチームに加わってくれると有難(ありがた)いんだが」と、彼は言った。とても優しい声だ。「俺のチームには、大麦袋の知識なんか微塵(みじん)も持ち合わせていない役立たずが二人もいるんだ。アンタたちは大麦を運んだ経験があるかい？」

「そりゃ、もちろんですよ」と、ジョージは言った。「俺はたいしたことないが、こっちのデカいのは一人で二人分以上の働きができます」

二人の会話を目で追いながら聞いていたレニーは、そんな風に褒められて、満足そうな笑みを漏らした。スリムはこの褒め言葉を聞いて、好ましげにジョージを見た。そしてテーブルの上に身を乗り出し、バラけたカードの端を指でパチンと弾いた。「アンタたちは、一緒に旅をしてるのかい？」好意的な口調だった。無理強いされたわけではないのに、本音をしゃべりたくなるような調子だ。

「ええ」と、ジョージは言った。「俺たちは互いに面倒を見合ってるんです」ジョージは親指でレニーを指した。「コイツはあまり賢くないけど、とてつもない働き者なんですよ。ものすごくいい奴だけど、何しろおつむが弱くて。もうずいぶんと長い付き合いになるんです」

スリムは心の中を見透かすようなまっすぐな視線をジョージに向けた。「誰かと共に旅をするような連中はあまり多くないものだよ」と、スリムは考え込むように言った。「その理由はよくわからんが。世の中の人間はみんな、互いに人のことが怖いのかもしれないなあ」

「気心が知れた奴と一緒にいるほうが、ずっといいですよ」と、ジョージは言った。

その時、見るからに力のありそうな、お腹（なか）の突き出た男が飯場に入ってきた。頭を洗って水を被ったらしく、その滴がまだ垂れていた。「やあ、スリム」と言うと、足を止めてジョージとレニーの顔をしげしげと眺めた。

「この二人は、着いたばかりなんだ」と、スリムが紹介した。

「そうか、よろしくな」と、大男は言った。「俺の名前は、カールソンだ」

「俺はジョージ・ミルトン。で、こっちがレニー・スモールです」

「よろしく頼むな」と、カールソンはそう繰り返した。「スモールにしちゃ、小っちゃくねえな」と、彼は自分が放ったジョークにくすくすと笑った。「ちっとも小さくねえ」再び繰り返して言った。「ところで、スリム、ちょっと聞きたいんだが、――お前の雌イヌ、どうしたんだ？　今朝は荷車の下にいなかったぞ」

「夕べ、子イヌを生んだんだよ」と、スリムは言った。「全部で九匹だ。ただ、そのうちの四匹はすぐに水に浸けてしまったよ。そうたくさん育てきれないからな」

「じゃ、五匹の子イヌは残ったことになるんだな？」

「ああ、そうだ。五匹は残ってる。大きいのがな」

「そいつら、どんなイヌになると思う？」

「さあな」と、スリムが言った。「まあ、シェパードの雑種だろうな。さかりがついてる時にいちばん多くここらをうろついていたのは、シェパードだったから」

カールソンは言葉を続けた。「五匹か。全部飼うつもりなのか？」

「まだ、わからない。とりあえず、ルルの乳が飲めるように、しばらくは手元に置いとくしかないな」

カールソンは考え込むような声で言った。「なあ、スリム。考えたんだが、キャンディのあのイヌは、すっかり老いぼれて、ほとんど歩けない状態だ。それに、あの臭いときたら。何しろ、アイツが飯場に入ってくるたびに、二日、三日はあの嫌な臭いが染み付いて消えやしない。キャンディにあの老いぼれイヌを処分させ、代わりに子イヌを一匹やっちゃどうだ？　あのイヌの臭いは、一マイルも離れたところからでも嗅ぎ取れるほどだぜ。歯は抜けてるし、目もほとんど見えず、まともに餌も食べられねぇ有様（ありさま）だ。キャンディがミルクを飲ませてるよ。なにせ何も嚙めないんだから」

ジョージは瞬（まばた）きもせずに、じっとスリムの顔を見詰めていた。外でいきなりトライアングルが鳴りだした。最初はゆっくりしたテンポからだんだん速くなって、一続きのベルの音のようになった。そして、鳴り出した時のように突然鳴りやんだ。

「さぁ、鳴ったぞ」と、カールソンが言った。

外を通り過ぎる男たちの一団のにぎやかな声がした。

スリムは、ゆっくりと重々しく立ち上がった。

「アンタたちも、まだ食べ物があるうちに行ったほうがいいぜ。あっという間になくなっちまうから」

カールソンは一歩下がってスリムに道を譲り、それから二人して外に出ていった。

レニーが興奮した様子でジョージを見ていた。ジョージは並べたカードをくずして、それらを適当に寄せ集めた。「よし！」と、ジョージは言った。「奴の話は聞いたよ、レニー。頼んでみよう」

「茶と白のぶちがいい」と、レニーが張り切って叫ぶ。

「さあ、まず飯を食いに行こうぜ。茶と白のぶちだって？　そういう子イヌがいるかどうか、知らねぇぞ」

レニーは寝床から動こうとしなかった。「いますぐ頼んでくれよ、ジョージ。そうすりゃ、もうほかのを殺さずに済むだろ」

「わかった。さぁ、立て」

レニーは、寝返りを打って寝床を離れ、立ち上がると、二人は戸口へと向かった。戸口に着いた時、カーリーが飛び込んできた。

「この辺で、女を見なかったか？」と、カーリーは怒った声で尋ねた。

ジョージは冷ややかに答えた。「三十分くらい前に見ましたよ」

「で、アイツは何をしていた？」

ジョージは、じっと立って、怒っている小柄な男を見ていた。そして嘲るような口調で言った。「たしか——、アンタを捜してるって言ってたけど」

カーリーはその時、初めてジョージの存在に気づいたようだった。鋭い目でジョージを見ると、背の高さと腕の長さを見てとり、引き締まった腹に目を移した。「で、どっちに行った?」カーリーはやっと口を開いた。

「さあ。見てなかったんでね」と、ジョージは言った。

カーリーはジョージを睨みつけ、くるりと向きを変えて急ぎ足で出ていった。

ジョージは言った。「なぁ、レニー。俺もあの野郎と揉め事を起こしそうな気がしてきたよ。本当に気にくわねぇ奴だ。まったく! 行こうぜ、食うもんがなくなっちまう」

二人はドアの外に出た。陽の光が窓の下に一本の細い線を作っている。遠くから、カチャカチャと食器のぶつかる音が聞こえてきた。

しばらくすると、年老いたイヌが、足を引きずりながら開いたままのドアから入ってきた。イヌは、よく見えない目で辺りを見回した。それから、クンクンと鼻を鳴らして横になり、前足の間に顔を埋めた。カーリーが再び戸口に姿を現し、そこに立って部屋の中を覗き込んだ。老犬は頭をもたげたが、カーリーが出ていくと、再び灰色の頭を床の上に落とした。

第三章

飯場の窓から夕映えが見えるが、部屋の中は薄暗かった。開けっ放しのドア越しに、蹄鉄（ていてつ）投げ遊びのドサッという鈍い音が響いてくる。時折、それに金属がぶつかるガチャンという音も加わり、歓声ややじる声が届く。

スリムとジョージが一緒に宵闇が迫る飯場に入ってきた。スリムはカードゲーム用テーブルの上のほうに手を伸ばし、ブリキの笠（かさ）がついた電灯をつけた。即座にテーブルが明るくなった。円錐（えんすい）形の笠は真下に光を投げるので、飯場の隅のほうは薄暗いままだ。スリムが箱の上に腰を下ろし、ジョージはその向かい側に座った。

「どうってことはないよ」スリムが言った。「どっちみち、ほとんどの子イヌは水に浸けて死なせなきゃならなかったんだから。礼には及ばない」

ジョージは言った。「アンタにとっちゃ、なんでもないことかもしれねえが、アイツにとってはすげえことなんですよ。やれやれ、どうやったら、アイツをここで寝かせることができるか。子イヌたちと一緒に馬屋で寝たがるに違いねえし。子イヌの箱に入らないようにするのが大変だ」

「どうってことはない」と、スリムは繰り返した。「いや、たしかにお前さんの言うとおり、おつむは弱いかもしれないが、あんな働き者は見たことがない。大麦を運ぶ相棒が息も絶えだえだったが、アイツの仕事ぶりにゃ、誰もついていけないよ。アイツみたいに強い奴はいままで見たことがない」

ジョージは得意になって自慢した。「レニーのやつに仕事を振ってみてください。頭を使わなくていい仕事なら何でもやれるから。自分じゃ何も考えつかないけど、言われたことはきちんとやれるんで」

鉄の杭棒（くいぼう）に蹄鉄が当たる音が響き渡った。そして、小さな歓声が上がった。

スリムは光が顔に当たらないように少し後ろに下がった。「お前さんとあの男が一緒に旅をしているなんて、何とも不思議だ」スリムは、気持ちを打ち明けるような雰囲気にさりげなくもっていった。

「どこが不思議なんです？」と、ジョージは身構えるような調子で訊き返した。

「わからないんだよ。男同士が連れ立って旅してるなんて、あまり聞かないからな。二人で旅をする渡り労働者はめったにいない。アンタも知ってのとおり、こういった農場で働く連中は、ふらっとやって来て、寝床をあてがわれ、一ヵ月も働きゃ、また辞めて一人で出ていく。他人のことなんか構っちゃいない。それがだよ、ちょっと頭の働きが鈍い男と頭の切れるお前さんが一緒に旅してるんだから、何だか不思議な気がするんだ」

「アイツはイカれているわけじゃない」と、ジョージは口を挟んだ。「血のめぐりのいいほうじゃねえが、そうかと言って頭がおかしいわけじゃねえ。俺だってたいして利口じゃねえし。利口ならまかない付き月五十ドルで大麦運びをしてやしませんよ。もし、俺が少しでも目端が利く男なら、小さいながらも自分の土地を手に入れて、そこから作物を収穫していますよ。働くだけ働いて、その土地からの収穫は自分のものにはならないなんて、そんな生活まっぴらだ」ジョージはそれきり黙りこんだ。本当はもっと話したかった。スリムは、もっと話せとも、もうやめろとも言わなかった。ただ静かに座って、聞いているだけだった。

「レニーと俺が一緒に動いているのは別に不思議なことじゃありませんよ」ジョージはやがてそう言った。「俺たち二人は、カリフォルニア州中部のオーバーンの生まれなんです。そこで俺はアイツの叔母さんのクララと知り合いだったんだ。奴は赤ん坊のころ、その叔母の家に引き取られて育てられた。クララ叔母さんが亡くなると、たまたまレニーは俺についてきて、一緒に働くようになった。そのうち、お互いに一緒にいるのに慣れちまったというわけです」

「なるほど」と、スリム。

ジョージがスリムに目を移すと、落ち着いた慈しむような眼差し（まなざし）が自分に向けられているのに気づいた。「妙なことなんですが」と、ジョージは言った。「前は散々アイツをからかって楽しんだもんです。頭が悪くて、自分の面倒もみれないから、ついからかいたくなる。あまりに鈍くて、からかわれていることもわからないんです。実に愉快だったな。アイツと一緒にいると、自分がすごく賢く思えてくるんです。アイツときたら、俺がどんなバカを言っても、素直に従うんですよ。崖の縁を歩いてみろと言えば、きっとそうしますよ。だけど、しばらくすると、そういうのはたいして面白くなくなったんです。こっちが何をしても、奴はけっして怒らない。散々殴っても、手で俺の体中の骨を簡単にへし折るくらいの力があるのに、俺には指一本触れようとしねえんです」ジョージの声は、懺悔（ざんげ）するような調子になった。「なんで奴をからかうのをやめたか教えましょうか。ある日、俺は仲間と一緒にサクラメント川の岸辺にいたんです。俺はいい気になっていた。レニーに向かって、こう言ったんですよ。『おい、いいから飛び込んでみろよ』って。すると、アイツは迷いもなく川に飛び込んじまったんです。まったく泳げないのに。どうにか助けあげた時にはまさに溺れる寸前。それなのに、アイツは俺に向かって、助けてくれてありがとう、と礼を言ったんです。俺が川に飛び込めと言ったのを忘れてね。それ以来、アイツをからかうのはきっぱりやめましたよ」

「そう、アイツはいい奴だ」スリムは言った。「頭が悪くてもいい奴はいる。俺に言わせりゃ、その反対のことがよくある。ものすごく頭の良い人間は、だいたい性格が悪いな」

ジョージは散らばったトランプのカードをかき集め、ソリティアをするためにカードを並べ始めた。部屋の外では、蹄鉄がドサッと地面に落ちる鈍い音がする。夕映えが窓を四角く輝かせていた。

「俺には、親族はひとりもいねえ」と、ジョージは吐露した。「農場を一人で渡り歩く奴はよく見ますが、ありゃ、ちっともよくねえ。張り合いや愉しみがない。そんな生き方を長いことしてると、性格も悪くなる。仕舞いにゃ、いつも誰かにケンカを売るようになっちまう」

「ああ、たしかに性格が歪むな」と、スリムはうなずいた。「そうして誰にも心を開かなくなる」

「そりゃ、レニーはいつも厄介事ばかり引き起こします。だけど、こんな風にダチとして、いつも一緒にいるのに慣れちまうと離れる気にはなれなくなるんですよ」

「アイツには悪意がまったくない」と、スリムが言う。「レニーにはこれっぽっちも悪意ってもんがないことがよくわかる」

「もちろん、あいつには悪意なんてないですよ、あのとおりトロいから、しょっちゅう厄介なことに巻き込まれてしまう。ウィードでやらかしたみたいに――」ジョージはカードを捲（めく）りかけた手を止め、口をつぐんだ。はっとしたようにスリムの顔色をうかがう。「誰にも言わねえでくれますか」

「ウィードで何をやらかしたんだ？」と、スリムは静かに尋ねた。

「アンタなら、他人に喋らねぇよな。……喋るような男じゃねぇ」

「で、ウィードで何やったんだ？」と、スリムは再び訊いた。

「実は、アイツ、たまたま赤い服を着た娘を見たんですよ。アイツときたら、まったくバカ野郎で、気に入ったものがあると、見境なく触りたくなる。ただそれに触ってみたいだけなんです。で、レニーは手を伸ばして、その赤い服に触ると、娘が悲鳴を上げた。レニーはすっかり慌ててしまい、ただ服を必死に掴んだ。すると、娘はさらに悲鳴をあげ続けた。俺は近くにいたものですので、女の金切り声で、急いで駆けつけました。そのころには、レニーはすっかり怯えてしまって服を必死で掴み続けることしかできなかったんです。俺はそこいら辺にあった棒杭でレニーの頭を殴って、やっと手を放させたんです。レニーは動転して服から手が放せなかったんですよ、しかもあのバカ力だから」

スリムは瞬きひとつせずに聞き入っていた。それから、彼はゆっくりうなずいた。

「それで、どうなったんだ？」

ジョージは真剣な面持ちで、ソリティアのカードを並べた。「その娘は一目散に警察に駆け込んで暴行を受けたと訴えたんです。それで、ウィードの男連中は捜索隊を組んで、レニーをリンチにかけようと追い回し始めた。だから、俺たちは、それからずっと、用水路の中に身を潜めて水に浸かってたんです。頭だけ出して水路の片端にはりついてました。そして、ようやく日が暮れて夜になってから、街を逃げ出したというわけです」

スリムは、しばらく黙ったまま座っていた。「娘にケガはさせてないんだね？」と、ようやく口を開いた。

「指も触れてませんよ。怖がらせてしまっただけ。俺だって、あんな大男に掴まれたら怖いですよ。けど、奴はその娘に何もしちゃいねぇ。いつも子イヌを撫でるように、あの赤い服に触ってみたかっただけなんです」

「あの男はたちが悪いわけじゃない」と、スリムは言った。「たちが悪いやつは一マイル先からだってわかる」

「もちろん、アイツはたちが悪くなんかねぇ。それに俺の言うことなら、何でも――」

その時、レニーが戸口から入ってきた。まるでマントのように青いデニムの上着を肩に羽織り、背中を丸めた姿勢で歩いてくる。

「おい、レニー」と、ジョージが声をかけた。「子イヌは気に入ったか?」

レニーは、息をはずませて言った。「おらが欲しかった茶と白のブチだ」彼はまっすぐ寝床に向かい、横になると、顔を壁のほうに向けて膝を折り曲げた。

ジョージはゆっくりとカードを置いた。「レニー」と、彼は鋭い口調で声をかけた。

レニーは首をひねって肩越しにジョージを見た。「うん? 何だ、ジョージ?」

「ここに子イヌを持ち込んじゃいけねぇと言ったよな」

「どの子イヌだい、ジョージ? 子イヌなんか持ってねぇよ」

ジョージは素早くレニーに歩み寄り、肩を摑んで、こちら側に向かせた。手を伸ばすなり、レニーが腹に抱えて隠していた小さなイヌを手にとった。

レニーは急いで起き上がった。「返してくれよ、ジョージ」

「さっさと起きて、この子イヌを箱に戻してくるんだ。この子イヌは、まだ母親のイヌと一緒にいなきゃダメなんだぞ。それとも、お前はこの子イヌを殺してぇのか？　昨夜、生まれたばかりの子イヌなのに、もう箱から出すなんて。この子イヌをもとに戻してこい。でなきゃ、スリムに言って、取り上げてもらうぞ」

レニーは哀願するように両手を差し出した。「返してくれよ、ジョージ。もとに戻してくるから。悪気があったわけじゃねえんだよ、ジョージ。本当だ。ただちょっと、可愛がりたいと思っただけなんだ」

ジョージは、子イヌを彼の手に戻した。「いいだろう。すぐに戻してこい。もう持ち出すんじゃないぞ。また持ち出したらすぐに死んでしまうからな」レニーは慌てふためいて部屋を出ていった。

スリムには動ずる気配がなかった。彼の冷静な視線は、レニーが戸口から出ていく様子を捉えていた。「やれやれ、まるで大きいガキみたいだ」

「まさしくガキなんですよ。奴はまるで幼子みたいで、まったく悪気はないんですが、ただ腕っぷしが強いだけなんですよ。あいつは今夜はここに戻っちゃこねえでしょ。たぶん馬屋の子イヌが入ってる箱の傍で寝るんだろうと思います。まあ、勝手にさせとくしかないかな。馬屋で寝たって悪さをするわけじゃねえし」

外はほぼ真っ暗になっていた。雑役係のキャンディ老人が入ってきて、自分の寝床に向かい、その後を老犬が足をふらつかせながらついてきた。「やあ、スリム。やあ、ジョージ。二人とも蹄鉄投げを、やらなかったのかい？」

「毎晩やるもんでもないさ」と、スリムが言った。

キャンディ老人は言葉を続けた。「誰かウイスキーを持ってねぇかい？　ほんの一口でいいんだが。ちょっとばかり腹が痛むんだ」

「持ってないよ」と、スリムが応答した。「持ってりゃ、自分が飲むよ。もっとも腹も痛くないし」

「とにかく、痛くてたまらねえんだ」と、キャンディ老人。「どうやらカブラに当たったらしい。食う前から、こいつぁ怪しいと睨んでたんだが」

暗い中庭から、がっしりとした体つきのカールソンが入ってきた。飯場のいちばん奥まで行って、笠をかけた二つ目の電灯をつけた。「何だか、いやに暗いな」と、彼は言った。「それにしても、あの黒い奴は蹄鉄投げがうまいぜ」

「たいしたもんだ」と、スリムが同意する。

「まったくだ」と、カールソンが言った。「アイツが相手じゃ、誰も勝ち目が――」

カールソンは途中で言葉を切り、クンクンと辺りの臭いを嗅ぎ、鼻をヒクヒクさせながら老犬を見下ろした。「まったくこの老いぼれイヌは、とてつもなく臭ぇな。さっさと摘まみ出せ、キャンディ！　こんな臭ぇ老いぼれイヌ、見たことねぇ。外に出せったら」

キャンディは寝返りをうって、寝床の端に身を寄せた。彼は手を伸ばして老犬の背を軽く叩きながら弁解した。「いつも傍にいるんで、どんなに臭くても、なかなか気づかねえんだ」

「ここに置いとくのは御免だぜ」と、カールソンは言った。「出ていった後でも、イヤな臭いが消えやしねえ」カールソンは、どすどすと重い音を立てて近づき、老犬を見下ろした。「歯もねえし、リューマチで関節がこわばってる。何の役にも立ちゃしねえぞ、キャンディ。コイツだって、こんな状態じゃ、生きてても仕方ねえだろうに。どうして、とっとと撃ち殺さねぇんだ？　キャンディ」

キャンディ老人は心地悪そうにもぞもぞと身体を動かした。「おいおい、よしてくれ。コイツは俺にとっちゃ大事な相棒で、付き合いも長いんだ。子イヌの時分からの長い付き合いなんだよ。昔はコイツと一緒にヒツジの番をしたもんだ」彼は誇らしげに語った。「いまのコイツからじゃ、想像もつかねえだろうが、知ってる牧羊犬の中じゃ、ピカ一だった」

ジョージが口を挟んだ。「そう言えば、俺もヒツジの番ができるエアデール・テリアを飼っている男をウィードで見たことがある。ほかのイヌから習ったらしい」

カールソンは話をそらされなかった。「なあ、キャンディ。この老犬は痛みを抱えてるんだ。だからよー、コイツを外に連れてって、頭の後ろを撃てば――」彼はしゃがみ込んで、その部分を指さした。「ここんとこさ。そうすりゃ、自分が撃たれたかも気づきゃしねえよ」

キャンディ老人は沈痛な面持ちで辺りを見回した。「いや」と、静かに答えた。「そんな残酷なことはとてもできねえ。長い付き合いなんだ」

「この老犬には、おまけに何も楽しいことがないんだぜ」と、カールソンは食い下がった。「おまけに鼻がひん曲がるほど臭い。じゃ、こうしよう。俺が代わりに撃ってやる。そうすりゃ、お前が手をくださずに済む」

キャンディ老人は寝床から足を下ろした。落ち着かない様子で白い無精髭(ぶしょうひげ)を掻きながら言った。「コイツの傍にいるのに慣れっこになってるんだ」と、小声で言った。「子イヌのころから一緒だから」

「だけど、こんな風にいつまでも生かしておくのは、かえって酷というものだぞ」

と、カールソンは言った。「なあ、ちょうどスリムが飼っているイヌが子を産んだばかりだ。きっと一匹譲ってくれるさ。それを育てりゃいい。だよな、スリム？」ラバ追いは静かな視線を老犬に向けていたが、「ああ」と、言った。「ほしけりゃ、一匹やるよ」いかにも言いづらそうに告げる。「カールソンの言うとおりだ、キャンディ。コイツは生きてるだけでも辛いんだ。俺だって、老いぼれて動くのもままにならなくなったら、誰かに撃ち殺してもらいたいよ」

キャンディは、落胆の表情を浮かべながらスリムを見た。スリムの意見は絶対的だったからだ。「コイツは痛がるかもしれん」と、彼は仄めかした。「コイツの身の回りの世話をするのはちっとも苦じゃねえんだ」

カールソンが言う。「俺の撃ち方ならちっとも苦しまずにいける。銃をここに当てるんだ」彼はつま先でその部位を示した。「頭の後ろのちょうどこの辺りだ。痙攣もなく即死するさ」

キャンディ老人は、助けを求めて、男たちの顔から顔へ見回した。すでに外は真っ暗だった。その時、一人の若い労働者が入ってきた。なで肩を前にかがめ、踵をついて重そうに歩く彼の姿は、あたかも目に見えない穀物袋でも背負っているかのようだ。彼はまっすぐ自分の寝床へ向かい、棚の上に帽子を載せた。それから棚から一冊の安雑誌を取り出すと、それをテーブルの上の明るいところに持ってきた。「スリム、これをあんたに見せたかなあ？」と、彼は尋ねた。

「何を見せたって？」

若い男は雑誌の後ろのほうを捲って、その頁をテーブルに広げて指した。「ここだよ、読んでみてくれよ」スリムは身をかがめた。「さあ、読んで」と、若者は急かした。「声を出して読んでよ」

「〈編集長殿〉」と、スリムはゆっくりと読み出した。「〈私は六年間、貴殿が編集する雑誌を読んできましたが、街で売られている雑誌の中で、この雑誌がいちばんだと思います。ピーター・ランドの作品も好きです。実に素晴らしいと思います。『暗闇の騎士』のような物語をもっと載せてください。私はあまり手紙を書きません。ただ、この雑誌を買うのに支払った十セントは価値があったと、お伝えしたかったんです〉」

スリムは、いぶかしげに顔を上げた。「何でこれを読ませたかったんだい？」

「いいから、その下の名前も読んでよ」

スリムは、素直にそれを読んだ。「〈ますますのご発展を祈念する、ウィリアム・テナー〉」彼は再び、若いホイットを見た。「何でこれを読ませたかったんだい？」

ホイットはもったいぶって雑誌を閉じた。「ビル・テナーという男を覚えてないか？　三ヵ月前にここで働いていた奴だよ？」

スリムは少し考え……「小柄な男か？」と訊いた。「耕耘機を動かしてた？」

「そう、そいつだよ」と、ホイットは叫んだ。「その男」

「そいつが、この手紙を書いたというのか？」

「俺にゃ、わかってんだ。ビルと二人でここにいたことがあってさ。ビルは届いたばかりのこの手の本を持ってた。それを見ながら〈実は手紙を書いたんだ。この本に載ってるかなぁ！〉と言った。だけど、その本には載ってなかった。そしたらビルは〈きっと、次の号に載るかもな〉と、言った。本当にそうなったよ。このとおりさ」

「お前の言うとおりだ。ちゃんとこの本に載ってるんだから」と、スリムは言った。

ジョージは雑誌に手を伸ばした。「俺にも見せてくれよ」

ホイットは再びさっきの頁を開いたが、雑誌を摑んだまま放そうとはしなかった。彼は手紙が掲載されている箇所を人差し指で示した。それから自分の棚に雑誌を丁寧にしまった。「ビルは、この雑誌を見たかなぁ」と、彼は呟いた。「ビルと俺はエンドウ豆の畑で一緒に働いてたんだ。二人とも耕耘機を運転したよ。ビルは本当にいい奴だった」

こうした会話の間、カールソンはけっして仲間に加わろうとはしなかった。彼はずっと老犬を見下ろしていた。キャンディ老人は気がかりな様子で彼を見ていた。とうとうカールソンはこう言った。「そうしてほしけりゃ、いますぐこの惨めな老いぼれイヌを楽にしてあげるぜ。コイツには、もう何も残ってねえ。何しろ、目も見えず、食べ物も口に入らねえ。歩くのも痛くて難儀してるんだから」

キャンディは一縷の望みをかけて言った。「アンタは銃を持ってねえだろうが」

「バカ言うんじゃねえよ。俺はドイツ製のルガーを持ってるんだぜ。あれでやりゃ、一瞬であの世行きさ」

キャンディが言う。「明日にしようぜ。明日まで延ばそう」

「延ばす理由なんかねえ」カールソンはそう言うと、自分の寝床に行って、その下からカバンを引き出し、中からルガー銃を取り出した。「さっさと片づけちまおう」と、彼は言った。「アイツがいたんじゃ、臭過ぎて眠れねえ」彼は銃を尻のポケットに入れた。

キャンディは、助け船を出してくれるのを期待して、長い間じっとスリムの顔を見た。だが、スリムは固く口をつぐんだままだった。最後には、キャンディは落胆の色を隠せず小さく呟いた。「わかったよ――コイツを連れてきな」彼は老犬のほうに目を向けなかった。寝床に身を投げ出し、両腕を頭の下で組んで天井を見上げた。

カールソンはポケットから短めの革紐を取り出した。かがみこんで老犬の首にそれを結ぶ。キャンディを除く全員がそれを見ていた。「さあ、来い。来るんだ」カールソンは優しく声をかけた。そして、言い訳がましくキャンディに言った。「痛みなんか感じねえよ」キャンディは微動だにせず、返事もしなかった。カールソンは革紐を引っ張った。「さあ、来い」老犬はのろのろとぎこちなく立ち上がり、素直に紐に引かれていった。

スリムが声をかけた。「カールソン」

「何だ？」

「どうすればいいかわかってるな」

「どういう意味だよ、スリム？」

「シャベルを持っていけ」と、スリムは言葉少なに告げた。

「ああ、そうだな！　わかった」カールソンはそう言うと、老犬を引いて暗闇に消えた。

ジョージは戸口のところまでついていき、扉を閉めて、静かにかんぬきを下ろした。キャンディはじっと仰向けになったまま天井を凝視していた。

スリムが大きな声で言った。「先導するラバが蹄を痛めたんだ。タールを塗ってあげないと」その声は次第に尻すぼみになった。外は静寂に包まれていた。カールソンの足音も聞こえなくなった。部屋もシーンと静まりかえった。それはしばらく続いた。

ジョージは小声で笑った。「レニーの奴、いま頃はきっと馬屋で子イヌと一緒にいるだろうよ。子イヌを手に入れりゃ、もうここには戻らないだろう」

スリムは言う。「なあ、キャンディ。お前さんの好みの子イヌを一匹やるよ」

キャンディは答えなかった。部屋に再び静寂が訪れた。夜の静寂がそっと部屋の中に忍び込んできたのだ。ジョージは言った。「誰か、俺とユーカー（トランプゲーム）でもやらねぇか？」

「せっかくだから、俺が相手しようか？」と、ホイットがそれに応じた。

二人は電灯の下のテーブルに向かい合って座ったが、ジョージはカードを切ろうとせず、重ねたトランプの端を神経質そうにパラパラと指で弾いた。その音で部屋にいるほかの男たちの目が自分に集まったのに気づいて、ふと手を止めた。再び、部屋を静寂が包む。一分が過ぎ、また一分が過ぎた。キャンディは相変わらず、横になったまま天井を見上げている。スリムはちらっとそっちに目を向けて、それから自分の手に目を落とした。彼は片手をもう一方の手で押さえつけて、下におろした。床下から何かをかじるようなガリガリという音が聞こえ、みんながほっとして、そちらに目を向けた。キャンディだけは、依然として天井を見詰めていた。

「どうやら、この下にネズミがいるようだ」ジョージが言った。「罠を仕掛けなきゃなー」

ホイットが突然、怒鳴りだした。「アイツ、何をもたもたしてんだろう？　アンタも早くカードを配れよ。これじゃ、いつまで経ってもユーカーが始まんねえだろ」

ジョージは、きちんとカードを揃え、カードの裏をじっと見た。部屋は再び静まり返った。

遠くで一発の銃声が轟いた。男たちはぱっと老人を見た。全員が彼のほうに顔を向けた。

老人はしばらく、天井を眺め続けた。それから、ごろんと寝返りを打って壁の側に向きを変え、また押し黙ってしまった。

ジョージは音を立ててトランプのカードを切り、それを捌いた。ホイットは得点板を引き寄せて、点棒をスタートの位置に置いた。「アンタたち、本気で働く気があるんだな。だから、ここに来たんだよな」と、ホイットは言った。

「そりゃ、どういう意味だ？」と、ジョージが訊いた。

ホイットは、クスッと笑った。「だって、金曜日にここに来たんだろ？　だから、日曜日まで二日間働くことになるんだ」

「何が言いたいのか、よくわかんねえな」と、ジョージは言った。

ホイットは、また笑った。「こういうデカい農場を渡り歩いてきたんなら、いつかわかるだろうよ。様子見に農場にやって来る奴は、たいてい土曜日の午後に着くんだ。土曜日の晩飯にありつき、次の日曜日の三食にもありつく。そして、月曜日の朝飯を食い終わると、仕事もせずに、はいさよならだ。ところが、アンタらは金曜日の昼にやって来た。まあ、どんな魂胆があろうと、一日半は働く勘定になる」

ジョージはまっすぐ相手を見た。「俺たちゃ、しばらくここに腰を据えて働くつもりだ」と、彼は言った。「俺とレニーは、金を稼ぎに来たんだからな」

扉がそっと開いて、馬屋番が顔を覗かせた。彼は風雪に耐えた深いシワが刻まれたやせた顔つきの辛抱強い眼差しを放つ黒人だった。「スリムさん」

スリムはキャンディ老人から目をそらした。「はぁ？　やあ！　お前か、クルックス。どうした？」

「あのー、ラバの蹄に塗るタールを温めろってことでしたね。温まりましたよ」

「そうか！　よし、クルックス。すぐに行って塗るとしよう」

「俺でよかったら、やりますよ、スリムさん」

「いや、俺が自分で塗る」と言って、スリムは立ち上がった。

クルックスは言った。「スリムさん」

「なんだ」

「あのデカい新入りが馬屋でアンタの子イヌをいじくりまわしてますよ」

「いいんだよ。悪いことはしないさ。俺が一匹やったんだ」

「念のためお耳に入れておこうと思って」と、クルックスは言った。「子イヌたちを箱から出して、やたらいじってるんです。あれじゃ、良くねぇですよ」

「傷つけたりはしないだろう」と、スリムは言った。「さあ、一緒に行こう」

ジョージは目を上げた。「あのバカ野郎がやり過ぎるようだったら、蹴っ飛ばして追い出してください、スリムさん」

スリムは馬屋番の後について、部屋を出ていった。

ジョージはトランプを配り、ホイットは自分のカードの手をじっと見た。「新しく来た子を見た？」と、彼は訊いた。

「どの子だい？」と、ジョージは返答した。

「カーリーの新婚の嫁さんだよ」

「ああ、見たよ」

「イカす女だろう？」

「ちょっと見ただけだからな」と、ジョージは言った。

ホイットはトランプのカードをゆっくりと下に置いた。「目を開けて、近くでじっくり見てみろよ。いろんなことがわかるから。あの女は、何一つ隠さねえんだ。あんな女は初めてだぜ。誰にでもいつも色目を使ってくる。きっと、馬屋番の黒い奴にも色目を使うぜ。一体、何がしてえのか、よくわかんねえ」

ジョージはさりげなく訊いた。「あの女がここにやって来てから、何かトラブルでもあったのか？」

ホイットはどうもトランプをしたいわけではなさそうだ。彼が持ち札を下に置いたので、ジョージはそれを自分のカードの中に混ぜ入れた。それから、ソリティアのカードをゆっくりと並べ始めた——まず七枚のカードを並べ、その上に六枚、さらに五枚を置いていく。

ホイットは言った。「アンタの言いたいことはわかる。だけど、いまんところは何も起こってねえよ。カーリーはイライラを募らせているけど、いまのところはそれだけ。あの女、男たちのいるところには、かならず現れる。カーリーを捜しているとか、忘れ物をして見つけに来たとか、言ってさ。男の傍にいたくてたまらねえみたいだ。カーリーは苛立たしげな様子だけど、まだ何も起こっちゃいねえ」

ジョージは言った。「あの女はいまに厄介なことを引き起こすぞ。きっとあの女を巡ってひと悶着(もんちゃく)ありそうだ。あんな女にちょっとでも手を出したら、ムショ行きだ。カーリーの野郎も前途多難だな。男がごまんといる農場に女は来るもんじゃねぇ。特にああいう女はな」

ホイットは言う。「もしよかったら、明日の晩、俺たちと一緒に街へ繰り出さねえか」

「なんで？　何をするんだ？」

「決まってるだろ。馴染(なじみ)のスージーの店に行くんだ。いい店なんだ。スージーってのはひょうきん者で、──冗談ばかり飛ばしてるんだ。先週の土曜日の晩、俺たちが店の前のポーチを上がってった時なんかさ、スージーは扉を開け、肩越しにこう怒鳴った。〈アンタたち、上着を着なさいよ。保安官さまがおいでだよ〉彼女は汚い言葉など吐かないし、その手の話もしない。店には五人の女がいる」

「で、そこはいくらなんだ？」と、ジョージは訊いた。

「二ドル半だ。酒は、一杯二十五セント。座り心地のいい椅子だってあるよ。別に女と寝なくたって構いやしねえ、その椅子に腰かけて二、三杯ひっかけながらしばらくのんびりできる。スージーは文句を言ったりしねえよ。寝たくねえ男に無理強いはしねえし、手荒く追い出したりもしねえ」

「だったら、ちょっとばかり覗いてみるか」と、ジョージは言った。

「ああ、行こうよ。めちゃくちゃ楽しいぜ。——スージーときたら、いつも冗談を言って笑わせてくれるんだ。こんな風に言ったこともある。〈床にボロのカーペットを敷いて、蓄音機の上にキューピードールランプでも置けば、高級な娼婦(しょうふ)宿とでも思っている連中もいるけどね〉スージーが言ったのは、クララの店のことだ。そしてこう言う。〈アンタたちが何を望んでるか、わかってるわよ。なんてったって、うちの子たちは変な病気を持ってないし、ウイスキーだって水なんかで薄めてやしないわ〉って。〈キューピードールランプを見たいなら、それに病気をうつされてもいいっていうのなら、どうぞご勝手に。この辺をがに股で歩いてる男連中がいるけど、みんなキユーピードールランプを見たかったばかりに〉と言うのさ」

ジョージは尋ねた。「クララってのは、別の店を営業してるのか?」

「そうさ。俺たちゃ、そこには行かねぇよ。何しろクララの店じゃ、女と遊ぶのに三ドルかかるし、酒は一杯三十五セントもする。しかもクララは冗談なんかひと言も口にしねえ。それにひきかえスージーんとこは、清潔だし、おまけに座り心地のいい椅子がある。外国人もお断りだしな」

「俺とレニーは、金を貯めるんだ」と、ジョージが言った。「椅子に座って一杯飲むぐらいならいいけど、どうしたって二ドル半もの金は出せねぇよ」

「まぁ、たまには羽目を外して楽しまなきゃ」と、ホイットは言った。

ドアが開いて、レニーとカールソンが一緒に入ってきた。レニーはできるだけ目立たないようにすーっと自分の寝床に行ってそこで腰かけた。カールソンは自分の寝床の下から袋を引きずり出した。依然として壁に顔を向けたままのキャンディ老人には目もくれなかった。カールソンは袋の中を手探りして小さな掃除棒と油の缶を見つけた。それをベッドの上に置いてから、拳銃を取り出して弾倉を外し、薬室に残る使用後の薬莢を銃の外に排出した。それから、小さな掃除棒で銃身の掃除に取りかかった。薬莢の排出装置がパチッと音をたてると、キャンディが寝返りを打って、チラッと拳銃を見たが、またすぐに壁に顔を向けてしまった。

カールソンは、それとはなしに訊いた。「カーリーは、まだ来ねえのか?」

「来ないよ」ホイットが答える。「何をカリカリしてるんだい?」

カールソンは、目を細くして銃身を見下ろした。「女房を捜してるのさ。さっき外をうろうろしてた」

ホイットは嫌味っぽく言った。「一日の半分は女房を捜してるし、後の半分は女房がカーリーを捜してる」

カーリーが興奮して部屋に飛び込んできた。「誰か、女房を見なかったか？」と、彼は問い詰めるように尋ねた。

「ここにはいないけど」と、ホイットが答えた。

カーリーはすごい剣幕で部屋を見回した。「スリムはどこだ？」

「馬屋へ行ったよ」と、ジョージが答えた。「ラバの割れた蹄にタールを塗りに行ったけど」

カーリーは肩の力を抜いたが、また身構えた。「そこに行ってから、どのくらい経つんだ？」

「五分——いや十分かな」

カーリーは、ドアをパタンと閉めて外に飛び出していった。

ホイットが立ち上がった。「こりゃ、見ものだ。カーリーは一発喰らわしたくて、うずうずしてるんだ。でなきゃ、スリムに向かっちゃいかないよ。カーリーの腕っぷしはたいしたもんなんだ。何しろ、全米アマチュアボクシング選手権の決勝まで勝ち残ったんだから。その時の新聞の切り抜きを見せてもらったよ」それから少し考えた。「だけど、スリムには手を出さねえほうがいい。スリムの実力はわからないからな」

「カーリーは、スリムが女房と一緒にいると思い込んでいるんだな」と、ジョージは言った。

「そうらしい」と、ホイットは言った。「もちろん、一緒じゃねぇよ。スリムに限って、そんなことはねえと思うけど。でもよ、騒ぎが起こるんなら、こりゃ見ものだ。さあ、見に行こう」

「俺はここにいるよ。面倒なことに巻き込まれたくねえ。レニーと俺は金を貯めなきゃなんねえんだ」と、ジョージは言った。

カールソンは拳銃の掃除を終え、銃を袋の中に入れて、寝床の下に仕舞い込んだ。「ちょっと、あの女の様子でも見に行ってくるか」と、彼は言った。キャンディ老人はずっと横になったままだ。レニーは自分の寝床から用心深い目でジョージをじっと見ている。

ホイットとカールソンが出ていってドアが閉まると、ジョージはレニーのほうに顔を向けた。「何考えてんだ?」

「おらは何にもしてねぇよ、ジョージ。ただ、スリムがまだしばらくの間、子イヌをあんまり撫でないほうがいい、って。子イヌにとっちゃよくないんだって。だから、すぐに戻ってきたんだ。おらはいい子だったよ、ジョージ」

「俺だって、同じことを言ったさ」と、ジョージは言葉をかけた。

「おらは何も悪いことをしてねえ。おらの子イヌを膝に載せて、撫でてただけだ」

ジョージは訊いた。「お前、馬屋でスリムに会ったのか？」

「ああ、会ったよ。もう子イヌを撫でないほうがいいって言われた」

「あの女にも会ったか？」

「カーリーの女房のことかい？」

「そうだ。あの女も馬屋に来てたか？」

「いんや、俺は見てねえ」

「スリムがあの女と話してるところは、見てねぇんだな？」

「見てねぇよ。女は馬屋にはいなかったから」

「そうか」と、ジョージは言った。「だったらあの野次馬連中は、ケンカを見られねえな。けど、揉め事が起こっても、お前は絶対に関わるんじゃねえぞ」

「おらぁ、ケンカなんか嫌だよ」と、レニーは言った。彼は寝床から身を起こし、テーブルを挟んでジョージと向かい合った。ジョージはほぼ惰性でトランプを切り、ソリティアのカードを並べ始めた。一枚一枚考えながらゆっくり並べていく。レニーは手を伸ばして絵札の一枚を手に取り、じっと見た。それから、それをさかさまにしてまた眺めた。「どっちから見ても同じだ」と、彼は言った。「なぁ、ジョージ、どうしてどっちから見ても同じなんだ?」

「知るもんか」と、ジョージは言った。「そんな風にできてんだよ。それより、お前が馬屋で会った時に、スリムは何してたんだ?」

「スリム?」

「そう、スリムだよ。お前、馬屋でスリムに会って、子イヌをあんまり撫で過ぎるなって、言われたんだろ?」

「ああ、そうさ。タールの缶とペンキのブラシを持ってたよ。何に使おうとしているのか知らねぇけど」

「たしかだな? あの女、今日ここに来たみたいに馬屋には入ってこなかったんだな?」

「うん、おらはあの女を見てねぇよ」

ジョージはため息をついた。「いつだって、売春宿のほうがましってことよ」と、ジョージは言った。「そこに行って、一杯ひっかけ、たまったもんを全部出し切って、面倒なことなんて何一つ起こらねぇ。とんでもない金額を吹っかけられることもねぇ。ところが、ああいう女にちょっかいを出してみろ、たちまちムショ行きだ」

レニーは相棒の言葉に感心し、その言葉を何とかなぞろうと小さく唇を動かした。

ジョージは続けた。「アンディ・クッシュマンを覚えてるだろ、レニー？　ほら、同じ学校に通ってた奴だよ？」

「ああ、おふくろさんが子供たちに、いつもホットケーキを作ってくれた奴だろ？」

「そうだ。そいつさ。お前、食い物が絡むと忘れねえんだな」ジョージはソリティアのカードをじっくり見た。彼は場の上にエースを一枚置き、その上にダイヤの2、3、そして4と重ねた。「アンディは性悪女にひっかかって、いまはサンクウェンティンのムショにいるだとさ」と、ジョージが言った。

レニーは、テーブルを指でトントンと軽く叩いた。そして言った。「なあ、ジョージ？」

「何だよ？」

「なぁ、ジョージ。おらたち、いつになったらちっちゃな土地を持って、土地からとれる極上のものを食べて――ウサギと暮らせるようになるんだ？」

「わかんねぇ」と、ジョージは答えた。「二人でまず大金を貯めなきゃならねえ。安く手に入る土地を知ってるが、それだってタダっちゅうわけにはいかねぇ」

キャンディ老人がゆっくり寝返りを打ち、こちら側を向いた。両目を大きく見開いて、ジョージをじっと見ていた。

レニーは言う。「その土地のことを、もっと話してくれよ、ジョージ」

「昨夜、話したばかりだろ」

「だけど——もういっぺん話してくれよ、ジョージ」

「ええと、そこはだな、十エーカーほどの土地だ」と、ジョージは言った。「小さな風車がある。小さな小屋が建っていて、ニワトリ小屋もある。台所も果樹園もあって、チェリー、リンゴ、モモ、アンズやクルミ、イチゴも少しは取れる。アルファルファが広がる牧草地があり、それを豊かな湧き水が潤す。それから、ブタ小屋も——」

「それからウサギもだろ、ジョージ」

「まだウサギの小屋はねぇが、まぁ、ウサギ小屋を二つ、三つ作るのは造作ねえ。そうしたらアルファルファを餌にしてウサギを飼えばいい」

「そうだよな。ウサギを飼える」と、レニーは言った。「きっとそうなるだろうなぁ」

ジョージのカードを捲る手が止まった。熱っぽい口調になった。「それに、ブタも二、三頭飼おうぜ。祖父(じい)さんが持ってたような燻製(くんせい)小屋を作ってよ。ブタを殺したらベーコンやハムやソーセージなんかを作りゃいい。サケが川を遡上する時期になったら、たくさん捕って塩漬けや、燻製にできる。朝食べるにはもってこいだ。サケの燻製は絶品だからな。果物が熟れたら、それを缶詰にしてよ——それにトマトも、缶詰にしやすいからな。日曜日ごとに、ニワトリかウサギをしめる。いつか牝ウシ、いやヤギも飼うんだ。あまりに分厚いクリームなのでナイフで切ってスプーンですくうのさー」

レニーは目を見張ってジョージの顔を見詰めていた。キャンディ老人も同様に目を彼に注いでいた。レニーはそっと言った。「じゃ、おらたちは土地からとれる極上のものを食べて生きていけるな」

「そうさ」と、ジョージは言った。「畑にゃ、いろんな野菜を栽培するんだ。ウイスキーをちょっとばかり飲みたけりゃ、タマゴやミルク、そんなものを少し売りゃいい。俺たちゃ、そこに住む。つまり、その土地の者になるんだ。もうあちこち渡り歩くこともねぇし、日本人のコックが作ったものを食う必要もねぇ。そうさ、俺たちゃ、自分たちの土地を持って、そこに根をおろし、もう飯場で寝ることもねぇんだよ」

「家のことも話してくれよ、ジョージ」と、レニーは乞うた。

「うん、そうだなー。俺たちゃ、小さな家と二人だけの部屋を持つんだ。小さくて丸い鉄の薪ストーブがあるから冬になったら、火を絶やさず焚く。土地はたいして広くもねえから、せわしなくバタバタと働くこともねえだろう。まあ、せいぜい一日に六時間か七時間も働きゃ十分だ。一日に十一時間も大麦を運ぶ必要なんかねえ。作付けも、そう、収穫も自分たちの手でやる。だから何がどのくらい収穫できているかもちゃんとわかる」

「それから、ウサギもだよ」と、レニーがはやる気持ちを抑えるように言った。「おらがウサギの世話をするんだ。どうやって世話するか話してくれよ、ジョージ」

「そうだな。お前は袋を持ってアルファルファが生い茂るとこに行き、袋にいっぱい詰め込んできて、それをウサギ小屋の中に入れてやるんだ」

「ウサギは、それをうまそうにもぐもぐ食う」と、レニーが言った。「ウサギはもぐもぐ食うんだ。おらぁ、見たことがある」

「六週間おきかそこらに」と、ジョージが続けた。「ウサギは子を産むから、食べたり、売ったりするのに十分な数になる。それと俺のガキのころみたいに風車のまわりを元気よく飛び回るハトを飼おうぜ」ジョージはレニーの頭の上の壁を陶然と見詰めた。「そこは俺たちのもんだから、誰も俺たちを追い出せねえ。気に入らねぇ奴がいたら、〈失せろ〉と言ってやればいい。そうすりゃ、そいつは出ていかざるを得ねえ。ダチが来たら、余ってる寝床があるから、〈まぁ、一晩泊まっていきな〉って気軽に言える。きっと泊まってくぜ。それに、セッター犬を一匹とトラ猫を二匹飼ってもいいが、猫が子ウサギを襲わねぇように、お前はしっかり見張んなきゃなんねぇ」

レニーの息遣いが荒くなった。「もし、子ウサギに少しでもちょっかいを出したら、トラ猫の首の骨をへし折ってやる。おらぁ……おらぁ、棒で叩き折ってやるさ」レニーは静かになり、ぶつぶつと小声でいつか飼うウサギにちょっかいを出しかねないいつか飼う猫を脅し始めた。

ジョージは自分の描いた未来像に魅せられて酔いしれながら座っていた。

キャンディが突然口を開き、二人は非難されるようなことをしていたかのようにビクッとした。「そういう土地がどこにあるか知ってんのかい?」

ジョージはすぐさま身構えた。「知ってるとしても、アンタにどんな関係があるんだ?」

「どこにあるか言う必要はねぇよ。どこにあろうと結構」

「そうともさ」と、ジョージは言葉を返した。「アンタには、たとえ百年経ったって、見つかりっこねぇ」

キャンディは勢い込んで続けた。「そういう土地はどのくらいするんだ？」

ジョージは探りを入れるような目つきで、彼をじっと見た。「そうさなぁ、――六百ドルありゃ、手に入るか。その土地を持ってる老夫婦は一文無しで、しかも、ばあさんは手術をしなきゃならねぇような身体らしい。おい、――そんなこと知って、どうしようってんだ？　アンタは俺たちとは何の関係もないだろ」

キャンディは言った。「俺は片手しかねぇから、あまり役には立たねぇ。この農場で失くしたんだ。だから雑役係に雇ってもらってるのさ。片手を失った代償に二百五十ドルもらったよ。それに銀行にはもう五十ドルある。合わせると、三百ドルだ。月末にはもう五十ドル入ることになってる。そこでだ――」キャンディは熱心に身を乗り出した。「俺をアンタ方の仲間に入れてくれねぇか。その三百五十ドルを全部出すぜ。たいした働きはできねぇが、炊事やニワトリの世話くらいはできる。畑仕事だって、いくらかできる。どうだ？」

ジョージは目を半ば閉じた。「せっかくの申し出だから、よく考えてみるよ。ずっと二人だけで、やるつもりだったからな」

キャンディはその言葉を遮った。「じゃ、こうしようじゃねえか。遺言状を作って、俺が死んだら、俺の取り分を譲る。俺には身寄りも何にもないからな。アンタらも、いくらか持ち金があるんだろう？　何なら、いますぐにでもやれるんじゃないか？」

ジョージは顔をゆがめ、床に唾を吐いた。「俺たちゃ、二人合わせて十ドルぽっきりさ」それから彼は少し考え込んだ。そして言った。「だがよ、もし俺とレニーが一ヵ月、まともに働いていっさい余分な金を使わなきゃ、百ドル貯まる勘定だ。そうなりゃ、四百五十ドルだ。それだけありゃ、きっと何とかなる。それで、あんたとレニーが先に行って事を始めていりゃ、俺が残りを稼ぐ。二人はタマゴや何かを売ってもいいしな」

三人は黙りこんだ。驚いて、互いに顔を見合わせた。実際には信じていなかったことが、急に現実味を帯びてきたのだ。ジョージは畏敬の念に満ちた口調で言った。「こりゃたまげた！　何とか、やれそうだぜ」彼は驚きに満ちた目をしていた。「きっとできるさ」と、彼は静かにそう繰り返した。

キャンディは寝床の端に腰かけた。じっとしていられないように、切り落としてしまった手首の先端を掻いた。「これなんだが、四年前にやっちまったんだよ。俺はもうすぐお払い箱になる。飯場の仕事ができなくなりゃ、郡の施設にぶち込まれるだろうよ。もしもあんたらに持ち金を預けりゃ、この仕事を失っても、畑仕事をやらしてもらえるだろ。それに皿だって洗えるし、さっき言ったようにニワトリの世話ぐらいはできる。何より、自分たちの土地に住んで、そこで働けるんだ」彼は惨めな声で言った。「今夜、奴らが俺のイヌをどうしたか見たろ？　奴らはあのイヌは、もうこれ以上、生きていても辛いだけで、誰の役にも立たないと言いやがった。俺だって、ここを追い出されるくらいなら、いっそひと思いに撃ち殺してほしいよ。けど、そんなことはしやしねえ。行く場所もなきゃ、仕事もない。アンタらがここを辞めるころまでには、あと三十ドルは貯めてみせるよ」

ジョージは立ち上がった。「よし、やろうぜ」と、彼は言った。「あの小さな土地を手に入れて、そこに住もう」彼は再び座った。三人とも静かに座り、美しい夢にすっかり心を奪われていた。まもなく実現する未来は、彼らの心を明るい希望で満たした。

ジョージは、あれこれのことに思いを巡らすかのように言った。「街で見世物小屋が開かれたり、サーカスがやって来たり、野球の試合、あるいはそんなものが開催されたりしたら」キャンディ老人が、「そうそう！」と言わんばかりの笑顔でうなずく。「俺たちゃ、ただ見に行きゃいいんだ」と、ジョージは言った。「行ってもいいか、なんて誰の許可ももらう必要はない。〈行こうぜ〉と言って行けばいい。ウシの乳を搾り、ニワトリに餌をあげたら、町に繰り出せる」

「ウサギにも餌をやらないと」と、レニーが口を挟んだ。「おらは、アイツらに餌をやることを忘れやしねぇよ。で、いつから始めるんだ、ジョージ？」

「一ヵ月後だ。ちょうど一ヵ月後。俺がこれからどうするか、わかるか？　まず例の老夫婦に手紙を書いて、その土地を買うって伝える。それから、キャンディが手付金として百ドルを先方に送るという段取りさ」

「いいとも、すぐに送るよ」と、キャンディ。「向こうにゃ、いいストーブがあるのかな？」

「そりゃ、いいのがあるさ。石炭でも薪でも燃やせるストーブだ」

「おらは、子イヌを連れていくよ」レニーが言った。「きっと、アイツ、間違いなくそこが気に入るぞ」

外のほうから人の声が届いた。ジョージがいそいで言った。「いまの話は絶対に誰にも言うんじゃねぇぞ。俺たち三人の秘密にしておくんだ。アイツら元金ができねぇように企んで、俺たちをクビにするかもしれねぇからな。一生、ここで大麦運びの仕事をするようなフリをして、金が入ったらとっとと辞めておさらばしようぜ」

レニーとキャンディは、そっとうなずくと、うれしさで顔を綻ばせた。「誰にも言うなよ」と、レニーは自分に言い聞かせた。

キャンディが声をかけた。「ジョージ」

「うん？　何だよ」

「自分でイヌを撃ってやりゃよかったよ、ジョージ。俺のイヌの始末を他人任せにするんじゃなかった」

ドアが開いた。スリムが入ってきて、カーリーとカールソンとホイットがその後についてきた。スリムの両手はタールで黒く汚れ、顔には険悪な表情を浮かべている。カーリーはそのすぐ傍にいた。

カーリーが言った。「なに、特に意味はないんだよ、スリム。ただ、ちょっと訊きたかっただけさ」

スリムは答えた。「何度も訊かれると、いいかげんうんざりだぜ。自分の女房の面倒も見れねえで、俺にどうしろって言うんだ？　もうほっといてくれ」

「特に意味はねえって言ってるだろ。俺の女房を見かけたんじゃないかと思っただけさ」カーリーは言った。

「どうして家の中でじっとしてろ、と自分の女房に言わないんだ？」と、カールソンが言った。「女房に飯場の辺りをうろうろさせといて、女房がいないとなると、やきもきする。そのくせ、どうすることもできねぇんだから」

カーリーは、ぱっとカールソンのほうを向いた。「おい、痛い目に遭いたくなけりゃ、口を挟むな」

カールソンが笑った。そして、「よく言うぜ、このへっぽこ野郎が」彼はカーリーを罵った。「スリムを脅かそうとしたがうまくいかず、逆に脅されてるのに。口先だけの腰抜け野郎のくせに、デカいツラすんな。お前がこの辺りでいちばんのボクサーだろうが、俺の知ったことじゃねぇ。俺にかかってきたら、ボコボコにしてやるぜ」

キャンディが嬉々として、この攻撃に加勢した。「手袋はワセリンで、いっぱいなんだろ」彼は軽蔑もあらわに言った。カーリーはじろっとキャンディを睨みつけた。その視線はキャンディを通り越してレニーの顔に届いた。レニーは将来の農場のことを思い、にこにこしていた。

カーリーは、テリア犬のようにすばやくレニーに近寄った。「おい、何が可笑しいんだ？」

レニーは、ぽかんとした顔で相手を見た。「はあ？」

この反応にカーリーの怒りが爆発した。「よお、このデクの坊。ささっと立ち上がれよ。お前みてぇな図体ばかりでかくて、役立たずの愚図に、何で俺が笑われなきゃいけねえんだ。どっちが腰抜けか、思い知らせてあげようじゃないか」

レニーは、途方に暮れてジョージを見てから立ち上がり、後ずさろうとした。カーリーが臨戦態勢に入る。彼は先制の左ジャブをくり出し、つづいて右ストレートを鼻っ柱に打ち込んだ。レニーは恐怖の悲鳴を上げた。殴られた鼻から血が吹き出した。「ジョージ」と、レニーは叫んだ。「殴るのをやめさせてくれよ、なあ、ジョージ」壁際までレニーを追い詰めると、カーリーはその顔面に強烈な一発を喰らわせた。レニーの両手は両脇に垂れたままだ。あまりの驚きと恐怖で、防御することすら忘れていた。

ジョージは立ち上がって叫んだ。「やっちゃえ、レニー。やられっぱなしでいるなよ」

レニーは大きな手で顔を覆い隠し、恐怖のあまり泣きながら叫んだ。「もうやめさせてくれよ、ジョージ」カーリーは腹を殴り、レニーの息を詰まらせた。

スリムは飛び上がった。「汚ねえ野郎だ。俺が相手になってやる」

ジョージが手を伸ばして、彼を止めた。「待ってくれ」と、ジョージは両手をメガホンのように口に当てて叫んだ。「さあやっちまえ、レニー！」

レニーが顔を覆っていた両手を離し、ジョージを見る。カーリーは、その目に狙いを付けてパンチを見舞った。レニーの大きな顔は血だらけだった。ジョージがまた怒鳴った。「やっちまえ、て言ってんだ」

カーリーがまたしても拳を見舞おうとしたとき、レニーが手を掴んだ。次の瞬間、カーリーの拳は、その大きな手にすっぽり包みこまれて釣り鉤(ばり)にかかった魚のように、無様に体をビクビクさせていた。ジョージはあわてて駆け寄った。「奴を放せ、レニー。放せったら」

しかし、レニーは恐怖を滲(にじ)ませ、震えてもがく小男を見詰めている。レニーの顔から幾筋もの血がしたたり落ち、片方の目は縁が切れて塞がっていた。ジョージはその顔に幾度も平手打ちを食わせた。それでも、レニーは相手の拳を握りしめたままだ。カーリーは血の気のない顔で、肝っ玉も縮み上がり、もがく力も弱まっていた。カーリーは拳をレニーに握られ、立ったままめそめそ泣いている。

ジョージは怒鳴り続けた。「手を放せ、レニー。放せって言ってんだよ。スリム、すまねぇが手伝ってくれ。このままじゃ、奴の手が完全にだめになっちまう」

突然、レニーが握り締めていた手を放し、壁際に身をかがめてうずくまる。「おめぇがやれって言ったのに、ジョージ」と、レニーは悲しそうな顔でつぶやいた。

カーリーは床に座り込み、自分の握り潰された手を呆然と見詰めている。スリムとカールソンが、その上にかがみ込んだ。やがて、スリムが身を起こし、恐怖の表情を浮かべてレニーを見た。「カーリーを医者に連れていくしかない」と、彼は言った。「どうやら、手の骨が全部砕けているみたいだ」

「おらぁ、そんなことしたくなかったんだ」レニーが泣きながら訴えた。「ケガなんか、させたくなかった」

スリムが言った。「カールソン。馬車に馬をつけてくれ。コイツをソルダードに連れていって手当てしてもらうんだ」カールソンが急いで出ていった。スリムは、しくしく泣いているレニーを見た。「お前が悪いんじゃない。こいつの自業自得だ。それにしても——驚いた！　奴の片手はほとんど潰れてるぜ」スリムは慌ただしく外に出ると、すぐにブリキのコップに水を満たして戻ってきた。彼はそれをカーリーの口元に添えた。

ジョージが言った。「なぁ、スリム。これで俺たちゃ、お払い箱か？　金が必要なんだ。カーリーの親父は俺たちをクビにするかな？」

スリムは苦々しげに笑った。それから、カーリーの傍に膝をついた。「おい、俺の言うこと、聞き取れるか？」カーリーはそれにうなずいた。「そうか、じゃ、よく聞けよ」スリムは続けた。「お前は、手を作業中の機械に巻き込まれてケガをしたんだ。お前さえこのことを誰にも言わなきゃ、俺たちも誰にも言わん。だが、一言でも告げ口して、この男をクビにしようとしてみろ、いまのザマをみんなに吹聴してやる。そうすりゃ、お前はみんなの笑い者だぞ」

「言わねぇよ」と、カーリーはつぶやいた。スリムはカーリーから目を背けていた。

四輪馬車の音が近づいてきた。スリムはカーリーを助け起こした。「おい、しっかりしろ。カールソンが医者に連れていってくれる」彼はカーリーに手を貸して、戸口の外に出た。車輪の音が遠退いていった。スリムは飯場に戻ってきた。彼はまだ怯えて壁際にうずくまっているレニーに目を向けた。「手を見せてみろ」

レニーは、両手を差し出した。

「驚いたな、お前を心底怒らせたら一大事だ」と、スリムは言った。

ジョージは口を挟んだ。「レニーは怯えてただけなんだ」と、彼は釈明した。「どうしたらいいか、わかんなかったんだ。言ったはずですよ、コイツとはケンカしねぇほうがいいって。あれ、そのことはキャンディに言ったんだったか」

キャンディは真面目な顔でうなずいた。「たしかにアンタはそう言ったよ。今朝、最初に、カーリーがレニーにちょっかいを出した時、〈妙なマネをしねぇこった、それが身のためだ〉と、アンタは俺にそう言ってたよ」

ジョージはレニーに向かって言った。「お前が悪いんじゃねぇよ。もう怖がらなくても大丈夫だ。お前は、俺が言ったとおりにしただけだ。それより、さっさと洗い場に行って顔を洗ってこい、ひでえ顔だぞ」

レニーは、腫れた口を綻ばせ、笑みを零した。「揉め事は御免だ」と、彼は言った。それから、戸口のほうに向かったが、その手前で振り返った。「ジョージ？」

「何だ？」

「まだウサギの世話をさせてもらえるかな、ジョージ？」

「いいとも、お前は何も悪いことをしちゃいねぇからな」

「ケガをさせるつもりはなかったんだよ、ジョージ」

「さあ、もういいから、さっさと顔を洗ってこい」

第四章

黒人の馬屋番クルックスの寝床は、馬具を置く馬屋の壁から外側に突き出た小屋にあった。小屋の片側には、四枚ガラスの四角い窓が、もう一方の側には馬屋に通じる細い板張りのドアがある。クルックスの寝床は藁を詰めた長細い箱で、上に毛布が無造作に投げかけられていた。窓際の壁に打ってあるいくつかの木釘(きくぎ)には、修繕中の馬具や新品のなめし革の細切れがかかっている。窓の下には小さな作業台があって、そこにはそり刃のナイフ、縫い針、麻糸の玉、そして小型の手動リベット締め機などの革細工道具が置いてある。木釘には、裂けてしまい中の馬の毛がはみ出した首輪、折れたくびき、革のおおいが破れた引き鎖などの馬具類もかけてあった。寝床の上部にはリンゴ箱の棚が取り付けられ、自分用と馬用の薬ビンが並んでいる。皮革用汚れ落としの缶や端から滴が垂れ、ハケが突き出たタールの缶もあった。また、床には私物がいくつも散らばっている。この小屋を使っているのはクルックス一人だから持ち物を床の上に放置しておけるのだ。しかも、馬屋番で身体障害者でもあるから、ほかの者よりも長く農場にいるため、収納できないほどの量になってしまったのだ。クルックスは靴を数足、ゴムの長靴を一足、大きな目覚まし時計と単銃身の散弾銃を一挺持っていた。さらに本もある。ボロボロになった辞書、よれよれの一九〇五年版のカリフォルニア州の民法書だ。寝床の上のほうに特別に設置した棚には、ずいぶんと読み込んだ雑誌やエロ本が数冊載っていた。ベッドの上部の壁に打った釘には、大きな金縁のメガネがぶら下がっていた。

小屋の中はきれいに掃除され、隅々まできちんと行き届いていた。クルックスは誇り高く、かたくなに自分の殻に閉じこもるような男だった。ほかの連中とは適度な距離を保ち、それを他人にも求めていた。背骨が湾曲しているために身体が左に曲がり、深く落ちくぼんだ目は、そのせいで強く光って見える。痩せた顔には深いしわが黒々と刻まれ、顔より色の薄い唇は、困苦をなめるかのように固く結ばれている。

土曜日の夜だった。馬屋に通じる開いた戸口からは、ウマの動く音が聞こえてきた。足を踏みかえたり、まぐさを噛んだりする音、あるいははづなの鎖の音だ。馬屋番のクルックスがいる小屋には、小さな電球が黄色い弱い光を放っていた。

クルックスは寝床に腰を下ろしていた。シャツの背中の裾が作業用のジーンズのズボンから出ていた。片手には塗り薬のビンを持ち、そして、もう一つの手で背中を擦った。ときどき、ピンク色の手のひらに塗り薬を二、三滴垂らし、またシャツの下に手を入れる。そして、そこに擦りつけ、背中の筋肉をほぐして身を震わせる。

開いている戸口にそっと忍び寄るようにレニーが現れ、広い肩で戸口をふさぐようにして立ち、中を覗き込んだ。少しの間、クルックスはそれに気づかなかったが、やがて顔を上げると、身体をこわばらせ、眉間にシワを寄せた。それから、シャツの下から手を出した。

レニーは相手と仲良くなりたくて愛想笑いを浮かべた。

クルックスは噛みつくような調子で言った。「おい、俺の部屋に入る権利はないはずだぞ。ここは俺の部屋なんだ。俺以外は、誰も入る権利はない」

レニーがゴクリと唾を飲み込み、媚びるような笑みを浮かべた。「おらぁ何もしねぇ」彼は言った。「子イヌを見に来ただけだ。そしたら、明かりが見えたもんで」と、彼は釈明した。

「そうか。俺にだって明かりを点ける権利はある。とにかく、出ていってくれ。俺は飯場に入れてもらえねえんだ。お前さんも、ここに勝手に入らねえでくれ」

「どうして、飯場に入れてもらえねえんだ?」と、レニーは訊いた。

「そりゃ、俺が黒人だからよ。飯場の奴らはトランプで遊ぶが、俺は黒人だから、入れてもらえねえ。俺が臭えってな。俺に言わせりゃ、アンタらのほうがよっぽど臭いけどな」

レニーは悄然として、大きい手をひらつかせた。「みんな、街へ行っちまったんだ」と、彼は言った。「スリムもジョージも、みんなだ。ジョージには、ここにいて面倒を起こすなって、言われてる。そしたら、この明かりが目に入ったんだよ」

「それで、俺に何の用だ？」

「用は何にもねえよ——ここの明かりが見えたから。入ってしゃべろうかと思っただけさ」

クルックスは、レニーの顔をじっと見つめた。それから後ろ側に手を伸ばして、メガネを摑むとピンク色の耳にそれをかけ、再びレニーをじっと見た。「だいたい馬屋で何をしてるんだ？」と、彼は文句を言った「お前さんは、ラバ追いじゃねえよな。大麦運びは馬屋に用なんかねえだろ。ラバ追いじゃないんだから、ウマとは何の関係もないだろうが」

「子イヌだよ」と、レニーは繰り返した。「おらの子イヌの様子を見に来たんだ」

「だったら、子イヌを見に行きな。勝手に入ってこられちゃ迷惑だよ」

レニーの顔から笑みが消えた。彼は部屋の中に足を一歩踏み入れ、言われたことを思い出して、また戸口まで下がった。「子イヌはさっき見たんだ。あんまり撫でるなって、スリムに言われてるんだ」

クルックスは言った。「お前さんは、しょっちゅう、子イヌを寝床から外に出してたからな。母イヌが子イヌたちの居場所をよくほかに移さねぇものだと、思ってたんだ」

「母イヌは大丈夫だ。おらに子イヌをいじらせてくれるよ」と、レニーはいつの間にか、部屋に入っていた。

クルックスは顔をしかめたが、レニーのてらいのない微笑には負け、こう言った。「仕方ねぇな。入ってちょっと休んでいきな。出ていって、俺を一人にさせてくれねぇんなら、その辺に座れよ」と、彼の口調は前よりも幾分、好意的なものになった。「で、連中はみんなで街に繰り出したんだって?」

「キャンディは残ってるけど。キャンディは飯場に残って、エンピツを削りながら、数えてるよ」

クルックスはメガネを直した。「数えてる？　キャンディは一体何を数えてんだ？」

レニーは大きな声で言った。「ウサギの数だよ」

「何言ってんだ」と、クルックスは言った。「どうかしてるぜ。ウサギって、どのウサギだ？」

「おらたちが、これから飼うウサギのことさ。そしたら、おらぁ、ウサギの世話をするんだ。草をやったり、水をやったりして飼うんだ」

「バカ言ってらぁ」と、クルックス。「これじゃ、相棒がアンタを人と関わらせないようにしているのも無理ないわ」

レニーは静かに言った。「ウソじゃねぇよ。おらたちゃ、本当にやるんだ。小さな土地を手に入れて、土地からとれる極上のものを食べて暮らすんだ」

クルックスは寝床の上で、できるだけ楽な姿勢に座り直した。「まぁ、ここにかけな」と、彼は誘った。「その釘の樽（たる）の上にでも座んなよ」

レニーは、上体を前にかがめてちっぽけな樽に座った。「ウソだと思ってんだろ？」と、レニーは言った。「だけど、ウソなんかじゃねぇ。全部、本当のことさ。ジョージに訊いてみな」

クルックスは、黒い顎をピンク色の手のひらに載せた。「お前さんは、ジョージと一緒に旅してるんだな？」

「うん、一緒だよ。どこにいくにもおらたちゃ一緒だ」

クルックスは続けた。「ときどき、ジョージが話してることがよくわからないこともあるだろ。違うか?」彼は身を乗り出して、落ちくぼんだ目でじっとレニーを見た。「そうなんだろ?」

「まぁ……そんな時もたまにあるかな」

「相手がどんどん話すから、まったく理解できてねぇんじゃねえか?」

「うぅん……ときどきはな。でも……いつもじゃねぇぞ」

クルックスは寝床の端から身を乗り出した。「俺は南部出身の黒人じゃねぇ」と、彼は言った。「このカリフォルニアで生まれたんだ。親父は十エーカーばかりの養鶏場を持ってたよ。白人の子供たちもそこに遊びに来たし、時には俺も遊びに行ったさ。中には、結構、気立てのいい子もいた。親父は俺が白人の子と遊ぶのが気に入らなかったようだが、どうして親父が気に入らなかったかわかったのは、ずっと後になってからだった。しかし、いまはわかってる」クルックスは躊躇(ためら)い、それまでより声を落として続けた。「あの辺には、何マイルもほかに黒人の家なんかなかったよ。それにいまだって、この農場に黒人はいねぇだろ。ソルダードに行きゃ、一軒だけ黒人の家があるがね」彼はそう言うと笑った。「俺がなんか言っても、黒い奴が何かほざいているとしか思われないねぇ」

レニーが訊いた。「あとどのくらいしたら、あの子イヌたちを撫でられるようになるかな？」

クルックスは再び笑った。「アンタは、何を聞いても周囲に言いふらすような心配はなさそうだな。子イヌたちは二週間もすりゃ、大丈夫さ。ジョージは、アンタのことを重々承知してるらしい。どんなに話をしても、何もわかんねえってことを」彼は興奮して、少し身を乗り出した。「所詮これは黒い奴のぼやきさ。それも、俺のように背骨が潰れて背中が曲がった黒い奴のな。だから、何の意味もねぇ。わかるか？まぁ、いずれにしても、アンタは覚えねぇだろうが。そういうのはしょっちゅう見てる――一人の男がもう一人の男に話すけど、相手が耳を傾けていなくても、それを理解していなくても、構わねえんだ。大事なのは、そいつがもう一人と話をしてるという事実だ。別に話してなくても、一緒にそこに座ってるだけでもいい。どっちでも同じこった、なあ、そうだろ」彼は次第に気持ちを高ぶらせて、思わず片膝を叩いた。「まぁ、ジョージはアンタに、くだらねぇことを話すかもしれんが、そんなことはどうでもいい。大事なのは、話してるってことだ。傍にそれを聞く相手がいるということなんだよ。それだけでいいんだ」そう言うと彼は口をつぐんだ。

クルックスの声はさらに低くなり、説得力をもった。「仮にだよ、ジョージが、どこかに雲隠れしたまま帰ってこなかったら、アンタ、どうする？」

レニーは次第にクルックスの言ったことが気になってきた。「何だって？」と、彼は訊き返した。

「つまり、もし、今夜、ジョージが街に出ていったきり、なしのつぶてになっちまったらってことさ」クルックスは、秘かな手応えを感じて、話をさらに進めた。「もし、そうなったら」と、彼は繰り返した。

「アイツが、そんなことするはずがねぇよ」と、レニーは叫んだ。「ジョージはそんなことするもんか。おらは長いこと、ジョージと一緒にいるんだ。今夜だって、必ず戻ってくるさ――」レニーはそう言ったものの猜疑心にさいなまれた。「アンタは、そう思わねぇのか？」

クルックスは、レニーを苦しめているのがうれしくて顔を輝かせた。

「人が何をするか、誰にもわかりゃしねえよ」と、彼は冷たく言った。

「帰りたくとも、帰れねえこともある。誰かに殺されるか、酷いケガをしたら、帰れねえだろ」

レニーは、言われたことを必死に理解しようとした。「ジョージは、そんなことするもんか」と、彼は繰り返した。「ジョージは用心深いんだ。ケガなんかするもんか。絶対、ケガなんかしねぇよ、用心深いんだから」

「仮にの話だよ。仮に帰ってこなかったら、どうするかって聞いてんだ？」

レニーは、困り果てて眉間にシワを寄せた。「わかんねぇよ。どういうつもりだ？」レニーは叫んだ。「そんなことあるはずがねぇ。ジョージはケガなんかしねぇ」

クルックスは、容赦なく追いつめた。「そしたらどうなるか、教えてやろうか？　アンタは施設にぶち込まれる。そして、イヌみてぇに、首輪を付けられて繋がれるんだ」

突然、レニーの目が据わり静かな怒りに染まった。

彼は立ち上がり、脅すようにクルックスに歩み寄った。

「誰がジョージにケガをさせるんだ？」と、彼はクルックスに迫った。

クルックスは、その時、わが身に迫る危険を見てとった。彼はそれを避けようと、寝床の上で後ずさった。「単なる仮の話をしてるだけだよ」と、彼は言った。「ジョージはケガなんかしてねぇ。大丈夫だ。ちゃんと帰ってくる」

レニーは、彼の面前に立ちはだかった。「じゃ、何だって、そういう仮の話をするんだよ？　誰もジョージにケガなんかさせやしねぇのに」

クルックスは、メガネを外して指で目を擦った。「いいから座れよ。ジョージはケガなんかしてねぇんだから」

レニーは唸るような声を上げながら、釘の樽に腰を下ろした。「ジョージがケガをしたなんて話は誰もすんな」と、彼はぶつぶつ言った。

クルックスは、優しく言った。「これで、わかったか。あんたにはジョージがいる。アイツが帰ってくるって、ちゃんとわかってる。だけどよ、話せる相手がいなかったらどうだ？　黒人だから、飯場に行ってトランプ遊びもやらしてもらえなかったらどんな気持ちがする？　ここで本を読むしかないとしたら？　そりゃ、暗くなるまでは蹄鉄遊びがやれるさ。けど、その後は読書するしかない。本ばかり読んじゃいられねぇよ。相棒が必要なんだ――傍にいてくれる相手が」彼は哀れな声を出した。「周りに誰もいないと、気が変になっちまう。誰だって誰かと一緒にいることが大事なんだよ。誰だっていいからよー」と、彼は叫ぶように言った。「人間はあまり寂し過ぎると、病気になっちまう」

「ジョージは帰ってくる」レニーは怯えた声で自分に言い聞かせた。「もう帰って来てるかもしれねぇ。おらぁ、見に行ってくる」

クルックスは言う。「アンタを脅かすつもりはなかったんだよ。奴は帰ってくるさ。自分のことを話してたんだ。夜になると、この部屋に一人で座って、たぶん本をってさ。何かを思っていても、一人ぼっちじゃ、ほかの男に向かって、あんたも見たかと訊くこともできねぇ。判断の基準が何もないんだから。別に酒に酔っているわけでもないのに。傍に誰かがいれば、眠ってたぞって言ってもらえる。だが、一人じゃ、そんなこともわかんねぇ」クルックスは、部屋の向こう側にある窓のほうに目を向けた。「ジョージは、おらをここに置いてどこかへ行ったりしねぇ。ジョージはそんな男じゃねぇよ」

読んだり、あれこれ考えたり、そんなことをしている男をな。たまに、何かを思っていても、ああだとか、こうだとか話す相手はいねえ。何かを見たとしても、それが本当に見たかどうかもわからない。ほかの男に向かって、あんたも見たかと訊くこともできねぇ。だから、判断することすら難しい。判断の基準が何もないんだから。ここにいると、いろんなものが見える。別に酒に酔っているわけでもないのに。眠っていたかどうかも、わかりゃしねぇ。傍に誰かがいれば、眠ってたぞって言ってもらえる。それで納得する。だが、一人じゃ、そんなこともわかんねぇ」クルックスは、部屋の向こう側にある窓のほうに目を向けた。

レニーは、哀れっぽく言った。「ジョージは、おらをここに置いてどこかへ行ったりしねぇ。ジョージはそんな男じゃねぇよ」

馬屋番のクルックスは、うっとりと話を続けた。「ガキのころ、親父の養鶏場にいた時のことを思い出すよ。兄貴が二人いてな。いつも傍にいたよ、一緒だった。同じ部屋の、同じベッドで一緒に寝たもんさ、――三人とも。イチゴ畑もあった。それにアルファルファの牧草地もあったっけ。朝から天気が良けりゃ、ニワトリをその牧草地に放してやったもんだ。兄貴たちが柵の横木に腰を下ろして、ニワトリたちを見ていた――あれはたしか白いニワトリだったなぁ」

やがてレニーはこの話に興味をそそられた。「ジョージが、ウサギの餌にアルファルファを植えるって言ってる」

「ウサギって、どの？」

「おらたちゃ、ウサギを飼って、イチゴ畑も作るんだ」

「バカなことを言ってるぜ」

「ほんとだよ。ジョージに訊いてみなよ」

「どうかしてるな」クルックスは嘲るように笑った。「俺は、何百という数の男たちが身の回り品が入った毛布の包みを背負って歩く姿を見てきたよ。奴らは頭の中にそれと同様のくだらねぇ妄想を詰め込んで農場から農場へと渡り歩いていたんだ。そんな男たちは、世の中にごまんといるよ。連中はやって来ては、ちょっと働いて、また別の場所へと移っていく。一人残らず、いつか小さな土地を持ちたいと思ってるんだ。だがよ、実際には、誰一人としてそんな土地を手に入れた者はいねぇ。天国みてぇなもんだ。どいつもこいつも小さな土地を欲しがる。俺は、ここでいろんな本を読むがな。天国に行った者もいねぇし、土地を手に入れた者もいねぇ。所詮、頭の中で思ってるだけだ。口を開けば、いつか自分の土地を持つと言うが、それはただの夢さ」クルックスは、不意に黙り、戸口のほうへ目を向けた。というのは、ウマたちが落ち着かない様子で動き、はづなの鎖が鳴っていたからだ。一頭のウマが嘶いた。

「誰か、いるようだな」と、クルックスは言った。「スリムかもしれねぇ。奴は、一晩に二回も三回も来ることがあるからな。奴は本物のラバ追いよ。自分のチームのウマたちを見回ってるんだ」彼は苦痛をこらえて立ち上がり、戸口のほうへ歩いていった。「アンタかい、スリム？」と、彼は声をかけた。

キャンディがそれに答えた。「スリムは街に繰り出したよ。なぁ、レニーを見なかったか？」

「あのバカデカい男か？」

「うん、どこかで見かけなかったか？」

「レニーなら、ここにいるよ」クルックスはぶっきら棒に答えると、自分の寝床に戻って横になった。

キャンディは戸口に立って、手のない手首の先端を擦りながら、電灯のついた部屋を眩しそうに覗いていた。けれど、中に入ろうとしなかった。「あのなー、レニー。例のウサギのことを考えてたんだが」

クルックスが苛立って言った。「入りたきゃ、入れよ」

キャンディは当惑気味だった。「そうか。入れというなら、せっかくだから入らせてもらうか」

「入れよ。みんな入ってくるんだから、アンタも入りゃいいだろ」クルックスはつっけんどんに言ったが、嬉しさを隠しきれていなかった。

キャンディは中に入ったものの、まだ当惑顔だった。「ここはこぢんまりとして落ち着くなぁ」と、彼はクルックスに言った。「こんな風に自分だけの部屋が持てるのはいいもんだろうよ」

「そうだな」と、クルックスがそれに応じる。「しかも、窓の下には肥やしが山のように積んである。ああ、いいところさ」

レニーが口を挟んだ。「さっき、ウサギがどうとか言ってなかったか」

キャンディは手首の先を掻きながら、壊れた首輪の傍の壁にもたれた。「俺は、ここに長くいる」と、彼はぽつりと言った。「クルックスも長いよなぁ。でも、俺がこの中に入ったのは、これが初めてだ」

クルックスは暗い顔をして言った。「みんな黒人の部屋にはめったに来ないからな。ここに来るのは、スリムくらいなもんだ。それと親方くらいだ」

キャンディは不意に話題を変えた。「スリムはラバ追いの腕じゃ誰にも負けねえな」

レニーは年老いた雑役係のほうへ身を乗り出した。「ウサギのことだけど」と、彼はしつこく訊いた。

キャンディは笑みを見せた。「ああ、考えてみたよ。うまくやりくりすりゃ、ウサギからだって、いくらか金が入る」

「けど、世話をするのはおらだぜ」レニーが横から口を出す。「ジョージがそれでいいって言ったんだ。約束してくれたんだから」

クルックスは乱暴にその話を遮った。「アンタたちは、夢を見てるだけさ。そんなことばかり口にしているが、実際は、土地なんか、そう易々と手に入るもんじゃねえ。結局は、アンタだって棺桶に納められて運び出されるまで、ここで雑役をするしかないのさ。俺はそんな連中をうんざりするほど見てきた。このレニーだって、二、三週間もすれば、ここを辞めて出てくに決まってる。どうやら、みんな頭ん中じゃ土地持ちになってるみてえだが」

キャンディは腹立たしげに頬を擦った。「俺たちゃやるよ。ジョージがそう言ってんだ。そのための資金だってある」

「へぇ、そうなのか？　じゃ、肝心のジョージはいまどこにいるんだ？　街の売春宿にしけ込んでいるんだろ。稼いだ金は、結局そこへ行くのさ。俺はそういう例をたくさん見てきた。そのうち土地を持ちたいと夢見てる連中をな。けど、実際、土地を手に入れたやつは一人もいやしねぇ」

キャンディが叫んだ。「そりゃ、誰だって土地を欲しがってるさ。大きな土地でなくても結構、ちっぽけな土地をな。とにかく、自分の土地が欲しいのさ。そこなら自立できるし、誰からもクビにされずに済む。俺はこれまで土地を持ったことがねえ。この州の農場をあらかた渡り歩いて、作物を植えたが、それは自分の作物じゃなかった。刈り取っても自分の収穫にはならなかった。だが、今度こそ、やってみせる。見てるがいいさ。ジョージは街に繰り出してるが、金なんか持ってねぇよ。金は銀行さ。俺とレニーとジョージの三人でやる。自分の家を持つんだ。それに、イヌやウサギやニワトリも飼う。トウモロコシを栽培して、たぶんめウシもヤギも飼う」キャンディは自分の語る将来に圧倒され、いったん口をつぐむ。

クルックスが尋ねた。「金はあるって言うんだ?」

「ああ、あるとも。金はあらかたできてんだよ。土地の入手には、あと少しいるだけだ。一ヵ月もすりゃ、できる。ジョージは、土地の見当もつけているしな」

クルックスは手を後ろに回して、背骨の辺りを探った。「ほんとに土地を手に入れた奴なんて見たこともない」と、彼は言った。「土地が欲しくてたまらん連中は見てきたが、いつだって女やギャンブルに金をつぎ込んじまってたよ」彼は、躊躇いがちに言った。「……もし、お前さんたちが……働き手が必要になったら——飯を食わせてもらえるなら、俺が手を貸すよ。給料なんていらねえ。その気になりゃ、そこら辺の奴らには負けねぇくらい働けるから」

「アンタたち、カーリーを見なかった？」

三人は戸口のほうを振り向いた。カーリーの女房が中を覗き込んでいた。厚化粧をして、唇をわずかに開けて立っていた。まるで走ってきたかのように、息遣いが荒かった。

「カーリーは、ここにはいないよ」と、キャンディが無愛想に目を細めながら言った。

彼女は戸口に立って、微笑みながら、片方の手の指の爪をもう片方の親指と人差し指で撫でている。そして一人ひとりの顔を見ていった。

「まったく残っているのは揃いも揃ってクズばかりときているわ」ようやくそう言った。「みんながどこへ行ったか、あたしが知らないとでも思ってるの？　カーリーの行き先だって、ちゃんとわかってるわ。連中の行き先くらい知ってるわよ」

レニーはうっとりと彼女を眺めた。しかし、キャンディとクルックスは顔をしかめて、目を伏せた。キャンディが言った。「カーリーの居所を知ってるなら、何で俺たちに訊くんだよ？」

彼女はイタズラっぽい目つきで男たちを見詰めた。「可笑しいと思わない？」と、彼女は言った。「一人の時に話しかけたら、親切に答えてもらえるのに、二人だと話もしやしない。不機嫌に黙り込むだけ」彼女は爪から指を離して、両手を腰に当てた。「お互い怖がってびくついてんのよ。いつ弱みをつかまれるんじゃないかって、お互いに怖気づいてんのよ」

少し間をおいて、クルックスが言った。「アンタはもう家に帰っちゃどうかな。俺たちゃ、要らぬ揉め事は御免なんだ」

「別に面倒なんか起こさないわよ。たまには誰かと話したくなることだってあるでしょ？　じゃ、あの家にずっといろって言うの？」

キャンディは手のない手首を膝の上に載せて、もう一方の手で優しく擦った。そして、とがめるような口調で言った。「アンタには旦那がいる。ほかの男とイチャついて面倒を引き起こさなくてもいいだろ」

女はカッとして言い返した。「たしかにあたしには旦那がいるわ。みんなも知ってのとおりよ。イカした男よね？　四六時中気に食わない男にどんな仕打ちをするかまくしたててる。所詮、気に入る人なんていないんだから。考えてもみてよ、あんな狭い家に閉じ込められて、年がら年中カーリーがまず左のリードパンチを二度打ち込み、それから得意の右のクロスカウンターをくり出す話を聞いてられると思う？〈ワンツーだ！〉って、さらに素早いワンツーでトドメだってね」彼女は口をつぐみ、不機嫌だった顔に興味深そうな表情を浮かべた。「ねぇ――カーリーの手だけど、どうしてあんなことになったの？」

気まずい沈黙が流れた。キャンディはそっとレニーを盗み見た。それから咳払(せきばら)いをした。「だから……カーリーは……機械に手を突っ込んじまったんだ、奥さん。で、重傷を負ったんで」

彼女はしばらく相手を見ていたが、やがてにっこりと笑い出した。「バカなことを言わないでよ。あたしの目が節穴だと思ってるの？　カーリーは誰かにケンカを売ってやられたんだわ。なになに、機械に手を巻き込まれたんですって。冗談じゃないわよ！　拳を潰されちゃ、得意のワンツー・パンチを誰にも使えないわよね。誰が彼の拳を砕いたの？」

キャンディはむっとして同じ言葉を繰り返した。「機械に挟まれたんだよ」

「わかったわ」と、彼女はさげすむように言った。「わかったわよ。隠したいんなら隠せばいいわ。あたしは構わない。アンタ方渡り者は、よほど自分たちが立派だと思ってるのね。じゃ、あたしを何だと思ってるのさ？　何もわからない子供？　言っとくけど、あたしはそこら辺の舞台なら、いつでも出られたのよ。それだけじゃなくて、映画に出してやると言ってくれる人もいたんだから……」彼女は、怒ってまくしたてた。「——土曜日の夜だってのに。誰もがみんな出かけて楽しくやってるのに。そうでしょ！　ところが、あたしときたら。ここに突っ立って、渡り労働者たち相手にしゃべるしかない。それも黒いのやボンクラや薄汚い老いぼれたち相手——。ほかに誰もいないから、それでがまんしなきゃならないってわけね」

レニーは、口をポカンと開けたまま彼女をじっと見詰めていた。クルックスは黒人がよくやるように聞こえないふりをして自分を守っている。だが、キャンディ老人は態度を変えた。彼は突然釘の樽が後ろにひっくり返るほど勢いよく立ち上がった。「いいかげんにしな」と、彼は怒りをぶちまけた。「アンタは、ここでは歓迎されてねえよ。そう言ったはずだ。俺たちがどんな苦労したか、そして将来どうなるかなんてことはアンタみたいな性悪女にゃ、わかりっこねぇよ。そのニワトリのようなお粗末なおつむじゃ、俺たちが単なる渡り労働者じゃねえことを見てとる分別すらねえ。たとえば、アンタが俺たちをお払い箱にする。ああそうさ、そうすりゃ俺たちはまた旅に出て、ろくでもねぇ別の農場を探し当て、そこで働くってんだろう。アンタにゃ、わからんだろうが、俺たちには行く当てがあるんだよ。自分たちの農場と家が俺たちを待ち受けてんだ。だから、こんなとこに、いつまでもいる必要なんかねえ。心地よく憩える家もありゃ、そこでニワトリも飼える。そして果物の木もある。ここよりずーっと素晴らしい場所だ。友達もいる。心を通わす友達がな。いつか追い出されるんじゃないかとビクビクしていた時もあったかもしれねえが、もうそんな心配はねぇ。何しろ、自分たちの土地があるんだから。行く当てがあるってことは素晴らしいことだよ」

カーリーの女房はキャンディを嘲笑った。「ばかばかしい」と、彼女は言った。「アンタたちみたいな連中は嫌ってほど見てきたわ。二十五セントも手にしようもんなら、質の悪いコーン・ウイスキーを二杯あおって、グラスの底の澱まで舐め尽くす。アンタたちみたいな連中のことは、よく知ってるわよ」

キャンディの頬がみるみる紅潮した。が、彼女が話し終える前に何とか心を落ち着けた。彼はその場を巧みに取り繕った。「まぁ、そうかもしれねぇな」彼は穏やかに言った。「さあ、さっさと帰って家のことでもしちゃどうだね。アンタに話すようなことは何もねえ。自分たちが何を持ってるかは自分たちがいちばんよく知ってるし、アンタがどう思おうと関係ねえ。そろそろ戻ったほうがいいよ。自分の女房が俺たちみたいな渡りもんと一緒に馬屋にいちゃ、カーリーだって気分が良くねぇだろうから」

女はそこにいた男たちの顔を順々に見ていったが、全員がそれを無視した。レニーがいちばん長くその視線を浴び、とうとう困惑して目を伏せた。突然、彼女は尋ねた。「アンタ、その顔の傷はどこでつけたの？」

レニーは気まずそうな顔をして、上目遣いで見た。「誰――おらか？」

「そう、アンタよ」

レニーは、助けを求めるかのようにキャンディのほうに目を向け、また膝に目を落とした。「アンタの旦那は機械に手を巻き込まれたんだ」と、彼は言った。

カーリーの女房は声を立てて笑った。「なるほど、そう機械にね。後で、話しましょ。あたしは機械が好きなの」

キャンディが口を挟んだ。「アイツに構いなさんな。レニーにちょっかいを出すのはやめてくれ。アンタの言ったことはジョージに伝えるぜ。ジョージはレニーにちょっかいを出させやしない」

「ジョージって、誰よ？」と、彼女は訊いた。「アンタの連れの小柄な男のこと？」

レニーは、嬉しそうに微笑んだ。「そう、ジョージだよ」と、彼は言った。「そっ、ジョージだ。ジョージがおらにウサギの世話をさせてくれるんだ」

「それがアンタの望みなら、ウサギの二、三羽くらいあたしが都合つけてあげてもいいわよ」

クルックスが寝床から立ち上がり、まっすぐ彼女を見た。「もうたくさんだ」と、彼は冷たい口調で言った。「アンタには、わけもなく黒人の部屋に入ってくる権利なんかねえ。ここでぐずぐずしてる権利もねぇよ。さあ、いますぐ出てってくれ、出ていってくれよ。出ていかねえなら、親方に頼み込んで、もう二度とこの部屋に入ってこれないようにしてもらうぜ」

彼女は嘲笑いを浮かべながら、クルックスに向き直った。「いいこと、そこの黒いの」と、彼女は言った。「私にそんな生意気な口をきくんじゃないよ、さもないと痛い目に遭うわよ」

クルックスは絶望を浮かべて彼女を見つめた。それから、寝床に腰を下ろすと身を縮めた。

彼女はクルックスに迫った。「あたしがその気になれば、なんだってできるんだからね」

クルックスは恐れおののいて縮こまり、壁にぴったりと背中をつけた。「へえ、奥様」

「だったら、身の程をわきまえるのね、黒人さん。お前を木にぶら下げて、吊るし首にするぐらい容易いことなんだから」

クルックスは、いまにも消えてしまいそうなくらい小さくなった。もはや人格も個性も存在していなかった——好き嫌いの感情を喚起する要素すらなかった。彼は言った。「へえ、奥様」その声には抑揚が感じられなかった。

しばらく、彼女はクルックスにのしかかるように立って、彼が動いたらまた思いきり意地の悪いことを言ってやろうと待ち構えていた。しかし彼は目をそらし、傷つくまいとすっかり殻に閉じこもって身じろぎもせずに座ったままだった。やがて、彼女はほかの二人のほうに視線を注いだ。

キャンディ老人は、興味をそそられ、彼女を見ていた。「もし、アンタがそんなまねをしたら、俺たちが黙ってねぇ」と、彼は静かに言った。「アンタがクルックスを罠にかけたと吹聴してやらあ」

「勝手にすりゃいいわ」と、彼女は叫んだ。「誰もそんなことを信じないわよ。わかってるでしょ。誰も信じやしないわ」

キャンディは小声で言った。「そりゃ、そうかもしれねぇ……」と、うなずいた。

「俺たちの言うことなんぞ誰も耳を貸しやしねえな」

レニーは、しくしく泣き出した。「ジョージがここにいたらな。ジョージがいてくれたら」

キャンディは、レニーに歩み寄った。「心配すんな」と、彼は言った。「みんなが帰ってくる音がした。ジョージはすぐに飯場に戻ってくる」それから、彼はカーリーの女房に目を向けた。「アンタは、もう家に帰ったほうがいい」と、穏やかに言った。「いますぐ行けば、アンタがここにいたことをカーリーには黙っとくよ」

彼女は、冷たい目で測るように相手を見た。「ほんとに聞こえたの？」

「大事をとったほうがいい」と、彼は言った。「わからないんなら用心するに越したことはない」

彼女はレニーのほうを向いた。「カーリーを痛めつけてくれてよかったわ。あれは身から出た錆よ。あたしだって、たまに殴ってやりたくなるもの」彼女は戸口をそっと抜けて、薄暗い馬屋の中に姿を消した。その中を通り抜けてゆくにつれ、はづなの鎖の音が響き、ウマが鼻を鳴らし、足を踏み鳴らした。

クルックスは、身に纏っていたいくつもの防御の殻からゆっくり出てきたようだった。「みんなが帰ってきたって、ほんとか？」と、彼は尋ねた。

「ああ、音が聞こえた」

「そうか、俺には何も聞こえなかったが」

「門がバタンと、閉まる音がした」と、キャンディは言葉を続けた。「それにしても、カーリーの女房の忍び足には参ったな。よっぽど慣れてるんだろう」

クルックスは、もう何も話したくなさそうだった。「アンタらも、行ったほうがいい」と、彼は言った。「もうここにはいてほしくねえ。黒人は、好むと好まざるとにかかわらず、ある種の権利を守らなければならねえんだ」

「あの女はお前さんにあんなこと言うべきじゃなかった」

「気にしちゃいねえよ」と、クルックスは力なく言った。「アンタらがここに来て、寛（くつろ）いでいたものだから、うっかり忘れてたんだ。あの女の言ったことはほんとだよ」

馬屋からウマたちが鼻を鳴らす音がして、鎖の音が響き、誰かが呼ぶ声がした。

「レニー、おい、レニー。お前、馬屋の中にいるのか？」

「あぁ、あの声はジョージだ」レニーが叫んだ。「ここだよ、ジョージ。おらぁここにいるよ」

その瞬間、ジョージが戸口に姿を現した。そして、非難がましい目で辺りを見回した。「お前、クルックスの部屋で何してんだ？　こんなところに来ちゃダメだろ」

クルックスはうなずいた。「そう言ったんだけど、勝手に入ってきちゃったんだよ」

「じゃ、どうして追い出さねぇんだ？」

「構わねえと思ってよ、レニーはいい奴だから」と、クルックスは言った。

今度はキャンディが勢いよく言った。「なあ、ジョージ。俺よー、ずっと考えてたんだぜ。どうすればウサギで少しばかり稼げるか、知恵を絞ったんだ」

ジョージは眉をひそめた。「この件は、誰にも漏らすなと言ったはずだが」

キャンディはしょげかえった。「クルックス以外には、誰にも話してねぇよ」

ジョージは言った。「さあ、みんなここから早く出るんだ。まったく、ちょっと目を離すと、これだからな」

キャンディとレニーは立ち上がって、戸口のほうへ進んだ。クルックスが「キャンディ！」と、声をかけた。

「何だ？」

「さっき、俺が野良仕事や雑用をすると言ったの、覚えてるかい？」

「あぁ、覚えてる」キャンディが言った。「よーく、覚えてる」

「そいつは忘れてくれ」と、クルックスは言った。「本気じゃなかったんだ。ほんの冗談さ。俺は、そんな場所には行きたくねえ」

「そうか、わかった。アンタがそう思うならそうしろよ。おやすみ」

三人の男たちはドアの外に出た。馬屋の中を横切っていくと、ウマが鼻を鳴らしはづなの鎖が触れあって音をたてた。

クルックスは寝床に座って、しばらく戸口の付近を眺めていたが、まもなくして塗り薬のビンに手を伸ばした。そして、着ているシャツの背中のすそを引き出すと、ピンクの手のひらに塗り薬を少し垂らし、手を後ろに回して背中にゆっくりと擦(なす)り付(つ)けた。

第五章

大きな馬屋の片側の端には、刈り取ったばかりの干し草が高く積まれ、そのてっぺんに四つ手の熊手が滑車からぶら下がっていた。干し草は、馬屋の向こう端まで山の斜面のように傾斜しているが、その先にはまだ新たな干し草が積まれていない平らな場所が残っていた。両側には、まぐさ棚が見え、小さな板の間からウマたちが首を覗かせていた。

日曜日の午後だった。仕事から解放されて休んでいたウマたちは、食べ残した干し草を噛み、足を踏み鳴らしたり、あるいはまぐさの入った木桶の縁をかじったり、はづなの鎖をじゃらじゃらさせたりしていた。午後の陽射しが馬屋の壁の隙間を通り抜けて、干し草の上に明るい筋を作っている。午後のけだるい空気の中をハエが音をたてて飛びまわっている。

外から、杭にぶつかる蹄鉄の音、遊んでいる男たちの大声で囃し立て、冷やかす声が聞こえてくる。しかし、馬屋の中は静かで、ハエの羽音がし、物憂くて暖かい。

馬屋の中にいるのはレニーだけだった。彼はまだ干し草が積まれていないほうの馬屋の端で片隅に置かれた桶の下にある、荷箱の脇の干し草の中に腰を下ろしていた。そこに座って、目の前の死んだ子イヌをじっと見詰めていた。レニーは長い間、その子イヌを眺めていたが、やがて大きな手でイヌの鼻先から尻尾の先まで優しく丁寧に撫で下ろしたのだ。

レニーは、死んだ子イヌにそっと話しかけた。「なんで死んじまったんだよ？ハツカネズミよりも大きいのに。おらはそんな酷く怒らなかっただろ」子イヌの頭を起こし、顔を覗き込んで話しかけた。「ジョージにおめぇが死んじまったことが知れたら、きっとおらにウサギの世話を任せてくれねぇぞ」

レニーは小さい窪み（くぼ）を作って、そこに子イヌを寝かせ、干し草で覆って隠したが、なおも自分で作った干し草の小山を見詰め続けた。レニーは言った。「これはあの茂みに隠れなきゃいけないほど、悪いことじゃねえよな。うん！違う。そこまでじゃねえ。ジョージには死んでるのを見つけたと言おう」

彼は干し草をどけて子イヌをまじまじと眺め、耳から尻尾まで撫で下ろした。それから悲しそうに続けた。「けど、結局、わかっちまうだろうな。ジョージは、いつだって察しがいいから。きっとこう言うだろう。〈お前が、やったんだな？　俺を騙そうったってそうはいかねえ〉でもって、こう言うに決まってる。〈これでもうお前にゃ、ウサギの世話はやらせねえぞ！〉って」

するると突然、怒りが込み上げてきた。「このくそったれ」と、彼は叫んだ。「どうして、死んじまったんだよ？　ハツカネズミに比べりゃ、そんなに小さかねえのに」彼は子イヌをつかみ、放り投げると、くるっと背を向けた。それから膝を折ってしゃがみ、ささやいた。「もうウサギの世話をさせてもらえねえ、ジョージはもうさせてくれねえ」彼は悲しさに耐え切れず、身体を前後に揺すった。

外から鉄製の杭に蹄鉄が当たる音が響き渡り、それからそれを囃し立てる数人の叫び声が聞こえてきた。レニーは不意に立ち上がり、子イヌを拾って戻ってくると、それを干し草の上に置いて座った。そして、また子イヌを撫でた。「おめぇは、あんまり大きくなかったんだな」と、彼はしみじみと言った。「みんなが何度もそう言ってた。でも、おめぇが、こんなにあっさり死んじまうなんて思わなかったんだよ」彼は子イヌの柔らかい耳を指でいじった。「ジョージはそんなに怒んねえかもしれねえな。こんなくそったれ、ジョージにとっては、どうってことないんだから」

カーリーの女房が、いちばん向こうのウマの仕切りの角を回ってやって来た。彼女はそっと忍び込んできたので、レニーはそれに気づかなかった。派手なコットンのワンピースに、ダチョウの赤い羽根で飾ったサンダルを履いている。そして、いつもの厚化粧で、小さなソーセージ形の巻き毛もきれいに整えてあった。レニーが気配を察して目を上げた時には、すでに彼女はすぐ傍まで来ていた。

レニーは慌てて、子イヌの上に指で干し草をかけて覆った。彼はふてくされた様子で彼女を見上げた。

彼女は言った。「そこに何があるの、坊や?」

レニーは彼女を睨みつけた。「ジョージが、アンタとは関わり合いになるなって──口もきいちゃだめなんだよ」

彼女は笑った。「ジョージは、何から何までアンタに指図するの?」

レニーは干し草に目を落とした。「アンタと口きいたり何かしたら、ウサギの世話をさせねえって言うんだ」

彼女は静かに言った。「ジョージはカーリーを怒らせるのが怖いのよ。けど、カーリーはいま三角巾で腕を吊ってる──それにもし絡んできたら、アンタはもう片方の手もつぶせばいいわ。カーリーの手が機械に巻き込まれたなんて、あたしをごまかそうとしても無駄よ、あんたは違ったけど」

だが、レニーはその手には引っかからなかった。「だめだ。アンタとは口もきかないし、何もしねえって決めてんだから」

彼女はレニーの傍にある干し草の上に膝をついた。「ねぇ」と、彼女は言った。「男連中はみんな蹄鉄投げをしてるわ。まだ四時を回ったくらいだもの。みんなまだやめないわよ。ねぇ、だからアンタと話したってかまわないでしょ？　あたしには話し相手が一人もいないの。すごく寂しいのよ」

レニーは言った。「だってよ、おらはアンタと話しちゃいけないんだよ。何もしちゃいけないんだ」

「ときどき寂しくなるの」と、彼女は言った。「アンタは誰とでも話ができるけど、あたしはカーリーとしか話せないのよ。ほかの人と話したりしたら、カーリーがすごく怒るんだもの。誰とも話せなかったら、アンタだったら、どう思う？」

レニーは言った。「けど、おらぁ、話しちゃいけないって言われてんだ。ジョージはおらが面倒を起こさないかと、いつも心配しているんだ」

彼女は敢えて話題を変えた。「アンタ、そこに何を隠してんの？」

とたんに、レニーはさっきまでの悩みを思い出した。「おらの子イヌだよ」と、悲しそうに言った。「おらのちっちゃな可愛い子イヌさ」そう言うと、上に被せてあった干し草を払った。

「やだ、死んでるじゃない」と、彼女は叫んだ。

「コイツはちっちゃ過ぎたんだ」と、レニーは言った。「おらはコイツと遊んでいたら……そしたら、コイツがおらを噛もうとするから……最初はブッ真似をしてたんだけど……つい……本気になって叩いちゃったんだ。そしたら死んじまった」

女はレニーを慰めた。「気にすることないわよ。ただの子イヌじゃないの。またすぐに手に入るわ。その程度の駄犬ならそこら辺にいるわよ」

「子イヌのことより」レニーはつらそうに打ち明けた。「ジョージが、もうおらにウサギの世話を任せてくれねえと思うんだ」

「どうして?」

「だって、これ以上、悪さをしたらウサギの世話をさせねぇって言われてるんだ」

彼女はレニーに近づき、なだめるような口調で言った。「あたしと話したって大丈夫よ。ほら、外で騒いでいる声が聞こえるでしょ。あの勝負には四ドル懸かってるの。だからそれが終わるまで、誰もこっちには来ないわ」

「万が一、ジョージにアンタと話しているところを見られたら、ものすごく叱られる」と、レニーは用心深くそう言った。「ジョージにそう言われてんだよ」

彼女は怒りに顔をゆがめた。「だったら、あたしはどうすりゃいいのよ？」と、彼女は声を荒らげた。「ねぇ、あたしには誰かと話す権利もないの？　みんなあたしのこと、何だと思ってるの？　アンタはいい人よ。どうして、そんなアンタと話しちゃいけないの。アンタに迷惑なんてかけないわよ」

「けど、アンタと関わるとろくなことはねぇって、ジョージは言うんだ」

「何それ！」と、彼女は言った。「あたしがアンタに何をするって言うの？　何さ、あたしがどんな暮らしを強いられてるか、誰一人気にかけてもくれないのに。いいこと、あたしはこんな生活、そもそも向いてないのよ。あたしは、もっと有名になってたかもしれないのよ」と、彼女は暗い顔で言った。「いまからだって遅くないかもしれない」彼女はせっかくの聞き手を奪われないうちに、話そうと焦っているのか堰を切ったようにまくしたてた。「以前は、サリナスに住んでたのよ」と、彼女は言った。「まだ子供だったころに、そこに移り住んだの。ある時、そこで旅回りの劇団が来て、その劇団の役者の一人と知り合いになってね。彼は俺たちの劇団に加わらないかって言ってくれたの。でもかあさんが許してくれなかったわ。まだ十五歳だからって。でも、あの人は来てもいいよって、言ってくれたの。もし、あの時、ついていってりゃ、こんな暮らしをせずに済んだでしょうに」

レニーは、子イヌの体をしきりに撫でまわしていた。「おらたちゃ、小さな土地を手に入れるんだ——ウサギも飼うんだ」と、彼は懸命に説明を添えた。

彼女は話を邪魔されないうちに、急いで話し続けた。「映画関係の仕事をしている男と知り合いになったこともあるわ。彼と一緒にリヴァーサイド・ダンスパレスに行ったのよ。その人はあたしを映画に出してくれるって言ったわ。あたしには女優の才能があるんだってさ。ハリウッドに戻ったら、すぐに便りを出すって言ってくれたの」彼女はレニーがこの話に感心したかどうか見るために、彼の顔を凝視した。「だけど、手紙は届かなかったわ」と、彼女は言った。「たぶん、かあさんが横取りしたんだわ。あたしはいまでもそう思ってるの。こうなると考えちゃうわよね、ここにいつまでもいたんじゃ、どこへも行けない、世の中に名前を売り出すこともできないって。あたし宛の手紙も盗まれる、そんなところにいられないわよね。かあさんに手紙を横取りしたのか聞いたけど、手紙なんか知らないって。だからカーリーと結婚したのよ。映画に出してくれると言った人とリヴァーサイド・ダンスパレスに行った晩にカーリーとも会ったの」彼女は突っかかるように言った。「ねぇアンタ、聞いてんの？」

「おらかい？　聞いてるよ」

「まだ、これは誰にも言ってないのよ。言っちゃいけないのかもしれないけど。ほんと言うと、カーリーのことそんなに好きじゃないの。だって、いい人じゃないんだもの」自分の本心をさらけ出した彼女は、レニーの傍にさらに近づき、すぐ隣に腰を下ろした。「あたしは映画に出て、きらびやかな服で着飾ることもできたのよ――スターたちが着てるような。それに大きなホテルで撮影されていたかもしれない。その試写会に出かけてラジオで挨拶するんだけど、自分が出演している映画だから、無論一セントも使わずに済むわ。スターが纏っていたようなすてきな格好をしてね。だってあたしには才能があるってあの人は言ったんだもの」彼女はレニーを見上げて、その才能の片鱗(へんりん)を披露しようと、腕と手を優雅に動かしてみせた。手首の動きにつられて、指がバランスを整えながらしなやかに動き、小指が気取った形に突き出される。

レニーは深いため息をついた。外からは蹄鉄が鉄杭に当たる音が聞こえ、歓声が起こった。「どうやら、誰かが投げた蹄鉄がうまく杭にかかったようね」と、カーリーの女房が言った。

陽が傾くにつれて、差し込む光は上のほうに移っていた。そして光の筋が何本も壁を這い上って、まぐさやウマたちの頭を照らした。

レニーが言う。「この子イヌを持ち出して、放り投げちまえば、ジョージに知られずに済むかな。そうすりゃ、怒られないし、ウサギの世話もできる」

カーリーの女房が腹立たしげに言い返した。「まったくアンタって、ウサギのことしか頭にないのね？」

「おらたちゃ小さな土地を持つんだ」レニーはしんぼう強く説明した。「家も畑も、それに、アルファルファの畑も持つんだ。それがウサギの餌になる。おらぁ袋を持ってってアルファルファをいっぱい詰め込んでウサギに食べさせるんだ」

彼女はレニーに訊いた。「アンタは、どうしてそんなにウサギの世話がしたいの？」

レニーは一生懸命に頭を絞らなければならなかった。レニーは用心深くにじり寄り、身体が触れ合うほど近づいた。「おらぁ、可愛いものを撫でるのが好きなんだ。昔、長い毛に覆われたウサギを数羽見たことがある。とっても可愛かった。ときどき、ハツカネズミを可愛がることもあるけど、それはほかに可愛いものがいない場合だけだ」

カーリーの女房はレニーから少し離れた。「アンタの頭の中ってどうなっているの」と、彼女は言った。

「別に普通だよ」と、レニーは真剣な顔で言った。「ジョージだって、そう言ってる。ただ、可愛いもんや、柔らかいもんを撫でるのが好きなだけだ」

彼女は、いくらか安堵した。「みんな、そうよ」と、彼女は言った。「可愛いものは好きだわ。あたしだって、シルクやビロードを触るのが好きだわ。アンタは、どう？　ビロードに触るの好き？」

レニーはうれしそうに笑った。「もちろん、大好きさ」彼は幸せそうに叫んだ。「ビロードの切れっぱしを持ってたこともある。女の人からもらったんだ。その人は——おらのおばさんのクララだ。クララおばさんからもらったんだ——これくらい大きいのを。まだあれを持ってたらなあ」レニーは顔をしかめた。「けど、失くしちまった。もうだいぶ前に」

カーリーの女房は笑った。「変な人ね」と、言った。「でも、悪い人じゃなさそうね。まるで大きな赤ちゃんみたいだわ。でもアンタの言うこと、よくわかるわ。あたしもね、ときどき髪をとかしていると、あまりに柔らかいんで、つい撫でてしまうことあるもの」彼女は髪を撫でる仕草を見せようと、頭のてっぺんに指を這わせた。「硬い髪質の人もいるのよ」と、彼女はすっかり悦に入って言った。「カーリーの髪の毛もそう。まるで針金みたいに硬いんだから。でも、私の髪の毛は細くて柔らかい。毎日欠かさずブラッシングしてるし。そうすると、つやが出るのよ——ほら、ここを触ってみて」彼女はレニーの手を取って、頭の上に載せた。「この辺よ、触ってみて。とっても柔らかいでしょ」

レニーの大きな指が彼女の髪を撫でた。

「クシャクシャにしちゃ嫌よ」と、彼女は言った。

レニーは言った。「ああ！　こりゃ気持ちがいいや」そして、彼はさらに強く撫でた。「ああ、すてきだ」

「気をつけてよ。ああ、クシャクシャになっちゃうじゃないの」それから彼女は怒って叫んだ。「もう、やめてったら。クシャクシャになるわ」彼女はグイッと頭を横に引いたが、レニーが髪の毛をつかんで握りしめた。「放してよ」と、彼女は叫んだ。「放してって言ってるでしょ！」

レニーは恐怖にかられ、顔を歪めた。すると、彼女が金切り声を上げたため、レニーはもう一方の手で彼女の口と鼻を塞いだ。「やめてくれよ」と、彼は懇願した。「なあ！　声を荒らげるのはやめてくれ。ジョージに怒られちまうじゃないか」

彼女は髪に絡まったレニーの手を振り解こうと懸命にもがいた。干し草の上で足をばたつかせ、逃げようと必死に身体をよじらせた。すると、塞いだ手の隙間から悲鳴が漏れ、レニーは怯えて叫んだ。「おい！　頼むから大声を出さないでくれよ」と、レニーはひたすら頼み込んだ。「また、悪いことしたって、ジョージに叱られちまう。そうしたら、ウサギの世話をさせてもらえないんだ」彼が口を塞いでいた手を少しばかり動かすと、その隙間からしゃがれた耳障りな悲鳴が漏れた。レニーは怒ってたしなめた。「おい、やめねぇか。わめかないでくれよ。おめぇは、やっぱり厄介な女だなぁ。まったくジョージが言ったとおりだ。おいおい、そんなに騒ぐなよ。やめろったら」彼女は恐怖に目を見開き、もがき続けた。レニーは頭にきて、彼女の身体を激しく揺さぶった。「わめくなって言ってんだろ」そう言いながら、さらに激しく彼女の身体を揺さぶった。彼女の身体は、まるで魚のように跳ね上がった。そしてピクリとも動かなくなった。レニーは彼女の首の骨を折ってしまったのだ。

レニーは彼女を見下ろすと、注意深く口から手を放した。彼女は静かに横たわっていた。「おらぁ、酷いことをするつもりなんか、まったくなかったんだ」と、彼は言った。「けど、おめぇがわめき散らすと、ジョージに怒られるんだよ」彼女がそれに答えず、動こうともしないと、レニーはその上にかがみ込んだ。片腕を持ち上げて放すと、腕がストンと落ち、少しの間、レニーはあっけにとられた様子だった。それから怯えて呟いた。「おらぁ、やっちまった。また厄介なことをやっちまった」

レニーは干し草を掻き寄せ、それで彼女の亡骸（なきがら）の一部を隠した。

馬屋の外から、男たちの叫び声に混じって蹄鉄が杭に二度当たる音が聞こえてきた。初めて、レニーは外の様子が気になった。干し草の中に身を屈めて、外の音に耳を澄ませた。「おらぁ、とんでもないことをしちまった」と、彼は言った。「こんなこと、絶対やっちゃいけなかったのに。ジョージが怒るだろうなあ。そう言えば……ジョージは言ってたっけ……自分が行くまで茂みに隠れてろって。こりゃ、ジョージに大目玉を食らうぞ。とにかく俺が行くまで茂みの中に隠れていろって、ジョージはそう言ったはずだ」レニーはさがって、死んだ女を凝視した。子イヌがその傍に横たわっている。レニーはそれを拾い上げた。「コイツは、捨てちまおう」と、レニーは言った。「そうじゃなくても、厄介なことになっちまったんだから」彼は子イヌを上着の下に隠し、馬屋の壁のほうへそっと忍び寄ると、男たちが蹄鉄投げのゲームをしている様子を隙間から覗き見た。それから向こう端のまぐさの桶の辺りをこっそり回り、姿を消した。

いまや陽光の筋は壁のはるか上方にあり、馬屋の中は柔らかい光に満たされていた。カーリーの女房は半分干し草でおおわれ、仰向けに横たわっていた。

馬屋の中はとても静かで、午後の静寂が農場を包んでいた。蹄鉄投げの音や、この遊びに興ずる男たちの歓声さえ、先ほどより静かになったようだ。外はまだ明るかったが、馬屋の中は薄暗くなっていた。一羽のハトが干し草の置き場の開いた戸口から舞い込み、くるりと旋回して再び飛び去った。ひょろっと細長い牝の牧羊犬がいちばん端の仕切りを回り、乳首を重そうに垂らしながら入ってきた。牧羊犬は子イヌたちのいる荷箱に辿り着く途中でカーリーの女房の死臭を嗅ぎつけ、背中の毛を逆立てた。そして、あわれな声をもらしながら、体を竦めて荷箱に近づき、子イヌたちの中に飛び込んだ。

カーリーの女房は黄色みがかった干し草で半ば覆われ、静かに横たわっていた。その顔からは、意地の悪さも打算も不満も、人目を引きたいという疼きも、すべて消え失せていた。彼女はとても美しくてあどけなく、その表情は若々しく無垢に見えた。頬に差した紅、赤く塗った唇のせいでいまも生きていて、浅い眠りについているようだ。小さいソーセージのような巻き毛が頭の下の干し草一面に広がり、唇はやや開いていた。

ときどき起こるように、時が止まり、たゆたい、その瞬間ははるかに長くなった。もっと長いあいだ音が消え、動きも停止した。

それからゆっくりと再び時間が覚醒し、緩慢に動きだした。ウマたちが、まぐさ棚の向こう側で足を踏み鳴らし、はづなの鎖の音をたてた。外では、男たちの声が次第に大きくなり、明瞭に聞こえた。

いちばん向こう側の仕切りの角を回って、キャンディ老人の声が聞こえた。「レニー」と、彼は呼んだ。「おい、レニー！　ここにいるのか？　あれからまた考えたんだ。こんなのどうかな。レニー」キャンディ老人は、端っこの仕切りを回って姿を現した。「おい、レニー！」と、また声をかけ、立ち止まると身体をこわばらせた。彼は白い無精髭をつるっとした手首を当てて擦った。「アンタはここにいたのか、知らなかったよ」と、彼はカーリーの女房に向かって言った。

彼女の返事がなかったので、キャンディはさらに近くへ歩み寄った。「こんなとこで寝ちゃいけねぇよ」と、彼は非難しながら、すぐ傍に来た——「ああっ、なんてこった！」彼は途方に暮れ、あご髭を撫でながら周囲を見回した。それから飛び上がるようにして馬屋を出ていった。

馬屋はいまや活気づいていた。ウマたちが足を踏み鳴らし、荒い鼻息を吐き、床一面に敷かれた藁を噛み、はづなの鎖を激しく鳴らしていいからだ。キャンディはジョージを連れてすぐに戻ってきた。

ジョージは言った。「俺に見せてぇって、何をだ？」

キャンディはカーリーの女房を指さした。ジョージはじっとそれを見た。「こんなとこで何やってんだ？」そう言いながらさらに近づき、それからキャンディと同じ言葉を発した。「ああっ、なんてこった！」彼は彼女のすぐ傍に膝をついて心臓の上に手を当てた。しばらくして彼はゆっくりとぎこちなく立ち上がった。木彫りのように硬い表情で、険しい目をしていた。

キャンディは言った。「どうしてこんなことになったんだ？」

ジョージは冷ややかに彼を見て、言った。「あんたにも察しはつくだろ？」キャンディは黙ったままだった。「こうなると、当然、わかってるべきだったよ」と、ジョージは絶望的な表情を浮かべて言った。「いつかこうなると頭の片隅ではわかってた気がする」

キャンディは訊いた。「これからどうすんだ、ジョージ？　どうすんだよ？」

ジョージはしばらくしてから、ようやくつぶやいた。「そうだな。……みんなに……このことを知らせなきゃなるまい。レニーを捕まえて閉じ込めることになるだろうな。逃がすわけにはいかねえ。飢え死にしちまう」そして、彼は自分を励まそうとした。「アイツを監禁した後は、みんな優しくしてくれるかもしれねえしな」

しかし、キャンディは興奮気味に言い放った。「いや、逃がさなきゃだめだ。アンタはカーリーを知らねぇから、そんなことを言うんだ。レニーを見つけたら、奴はきっとリンチにかけるぜ。きっと殺しちまう」

ジョージはキャンディの口元をじっと見た。「そうだな」と、ジョージはやっと重い口を開いた。「そうだ、奴はそうする。ほかの連中もそうするに決まってる」そして、彼は視線をカーリーの女房のほうに戻した。

キャンディは我慢できずに自分の恐れを口に出した。「なぁ、ジョージ。二人であの小さな土地を手に入れられるよな。二人でそこで穏やかに暮らせるよな、ジョージ？　そうだろう？」

ジョージがそれに答える前に、キャンディは頭を垂れて干し草に目を落とした。彼はすでにどうなるか承知していたのだ。

ジョージは低い声で言った。「——俺は端からわかっていたような気がするよ。そんなことはできねえってな。アイツが、しつこく聞きたがるもんだから、ついそんな気になっちまった」

「じゃ——もう全部諦めちゃうのか？」キャンディは、暗い顔で尋ねた。

ジョージはそれに答えず、こう言った。「一ヵ月働いて五十ドルもらったら、どこかの売春宿にしけ込んで大盤振る舞いの一夜を過ごす。さもなきゃ、閉店までビリヤードに興じる。そして、また一ヵ月働き、五十ドル稼ぐ」

キャンディは言う。「あんなにいい奴だったのにこんなことをするとは思いもしなかった」

ジョージは、まだカーリーの女房を見詰めていた。「レニーはけっして悪気があってやったわけじゃないんだ」と、彼は呟いた。「奴はいつも面倒を引き起こすが、悪気があってやったことなど一度もねぇ」彼は背筋をしゃんと伸ばしてキャンディのほうに振り返った。「いいかい。俺たちゃ、みんなに知らせなきゃならねぇ。たぶん奴らはレニーを捕まえてここに連れてくる。こうなったら、ほかに方法はねぇ。けど、レニーは酷い目に遭わされるとはかぎらねえだろ」と、彼はきっぱりと言った。「レニーを痛めつけたら、俺が黙っちゃいねぇ。いいか、ここからが大切なところだが、奴らは俺もこれに関わってると思うかもしれねぇ。俺は飯場に戻るよ。アンタは少ししたらここを出て、みんなにこの女のことを知らせてくれ。俺はそれからここに来て、初めてこの事態に遭遇したフリをする。そうしてくれるな？　奴らが俺も関わりがあると勘繰らねえように」

キャンディは言う。「いいとも、ジョージ。そうするよ」

「よし。二分ばかり待ってくれ。そうしたら、ここを走り出て、たったいまこの女の亡骸を見つけたと言うんだぞ。俺はもう行くから」

ジョージは背を向けると、素早く馬屋を後にした。

キャンディ老人はその後姿を目で追った。やりきれない気持ちで、カーリーの女房の亡骸を再び見ているうちに、だんだん悲しみと怒りがこみ上げてきた。「この性悪女め」と、彼は憎々しげに吐き出した。「まんまとやらかしてくれたな、ええ？　さぞ満足だろうよ。アンタがそのうちやらかすことは、みんなわかってたよ。アンタはろくでもねえ女だった。いまでもそうさ、このあばずれ女めが」彼は鼻をすすり上げながら声を震わせた。「あの二人のために、畑を耕したり皿を洗ったりすることもできたんだ」彼は一拍置いてから棒読みみたいな口調で、そしてジョージが言ったことを繰り返した。「サーカスが来たり、野球の試合が開催されたら……俺たちゃ、そういったものを見に行くんだ……。景気よく〈仕事なんてどうでもいい〉って、そう言い残して出かけるんだ。誰の許可を得る必要もねえ。それに、ブタとニワトリを飼う……。冬になったら……小さなだるまストーブの周りで暖ったまり……雨が降りゃ、日がな一日座ってる」彼は涙で目を曇らせながらも振り向くと、丸い手首でごわごわした頬髭を擦りながら、肩を落として馬屋を出ていった。

外の騒がしい音がやんだ。口々に何かを尋ねる男たちの声が上がり、大勢が走る音がして、男たちが馬屋の中になだれ込んだ。スリムとカールソンと若いホイット、そしてカーリーが駆け込み、クルックスは目立たぬように後方についていた。その後にキャンディが続き、最後尾にジョージの姿がある。ジョージはブルーのデニムの上着を着て、すべてのボタンを留め、黒い帽子を目が隠れるほど深く被っていた。男たちはわれ先に端の仕切りの角を曲がった。そして薄暗い中に横たわるカーリーの女房を見つけると、みんな足を止めて、呆然と立ちつくし、彼女の姿を見詰めた。

やがて、スリムが静かに歩み寄り、手首に触れた。そして、細い指を彼女の頬に当て、微かに捻じれた首の下に手を添えながら指で首の様子を探った。スリムが立ち上がると、ほかの男たちも彼女に近づき集まった。思いがけぬ死がもたらした呪縛が解けた。

カーリーが突然、激しくて脅威的な態度を取った。「やった奴はわかってる」と、彼は叫んだ。「あのデクノ坊のバカ野郎だ。アイツがやったに決まってる。ほかの連中は、みんな外で蹄鉄投げをやってたんだから」カーリーは次第に怒りを募らせていった。「俺が捕まえるぜ。散弾銃を持ってくとしよう。自分のこの手で仕留めてやらぁ。奴のどてっ腹に一発、見舞ってやる。みんな、行くぞ」そう言うと、ものすごい勢いで馬屋から出ていった。カールソンが、「俺もルガー銃を取ってくる」と走り去った。

スリムは静かにジョージのほうを向いた。「たしかに、これはレニーの仕業だな」

と、彼は言った。「首が折れてる。レニーならやれた」

ジョージは答えなかったが、ゆっくりうなずいた。帽子を深く被っているせいで、表情が読めない。

スリムは言葉を続けた。「たぶん、いつか話していたウィードの時と同じことが起こったんだろう」

再び、ジョージはうなずいた。

スリムはため息をついた。「こうなったら、アイツを捕まえなきゃならん。奴はどこへ行ったと思う？」

ジョージが答えるまでには少し間があった。「アイツは——南のほうへ行ったに違いない」と、彼は言った。「俺たちゃ北から来たから、南のほうへ行くと思う」

「アイツを捕まえなきゃならない」と、スリムは繰り返した。

ジョージはスリムに歩み寄った。「アイツを連れ戻して、閉じ込めるだけで済ませないかな？　アイツはトロい奴なんだよ、スリム。悪気があって、やったわけじゃねぇんだ」

スリムはうなずいた。「それはできるかもしれない」と、彼は言った。「カーリーをここから出さなけりゃできるかもしれない。しかし、カーリーは、レニーを撃ちたがるだろう。レニーに手をつぶされかけたのを根に持ってるからな。それに、レニーを捕まえて、拘束して檻に入れたとしてもな、それだって、得策とは言えんだろう。なあ、ジョージ」

「わかってる」と、ジョージは言った。「わかってるよ」

カールソンが駆け込んできた。「あの野郎、俺の拳銃を盗みやがった」彼は怒鳴り散らした。「袋の中に拳銃がねぇんだ」カーリーが追って入ってきた。彼はレニーにやられてないほうの手にショットガンを持っていた。いまや、カーリーも冷静になっていた。

「よし、みんな、いいか」と、カーリーは言った。「黒い奴がショットガンを持ってる。カールソン、お前はそれを持っていけ。いいか、アイツを見つけたら、迷わずぶっ放せ。腹を狙って撃つんだ。そうすりゃ、間違いなくぶっ倒れる」

ホイットは興奮気味に言う。「俺には銃がねぇよ」

カーリーが言った。「お前はソルダードに行って、警官を連れてこい。アル・ウィッツがいい、保安官補の。さあ、行くぞ」カーリーは疑うようにジョージを見た。

「無論、お前も一緒に来るだろうな」

「ああ」と、ジョージは言った。「俺も行くよ。だが、聞いてくれよ、カーリー。アイツは頭の足りない、哀れな男なんだ。撃たないでくれよ。自分が何をやったか、よくわかってねえんだ」

「撃つなだって?」と、カーリーは叫んだ。「奴はカールソンのルガーを持ってんだぞ。撃つに決まってるだろうが」

ジョージは弱々しい声で言った。「カールソンはその銃を失くしたのかもしれないじゃないか」

「俺は確かに今朝見てるんだぜ」と、カールソンが言った。「盗まれたんだよ」

スリムはカーリーの女房を見下ろしていた。「おい、カーリー——お前、女房の傍にいたほうがいいんじゃないか?」

カーリーの顔が紅潮した。「俺は行くぜ」と、カーリーは言った。「使えるのが片手だけだって、必ずアイツのどてっ腹に風穴を開けてやる。絶対に仕留めるさ」

スリムはキャンディのほうに顔を向けた。「お前はここに残って、彼女の傍にいてやれ、キャンディ。残りはみんな、出かけるぞ」

彼らは馬屋を出ていった。ジョージはキャンディの脇で立ち止まった。一緒に女の亡骸を見下ろした。カーリーの声が届いた。「おい、ジョージ! この件に関係ないと思われたいなら、俺たちについてこい」

ジョージは重い足を引きずって、のろのろと彼らの後についていった。みんなが行ってしまうと、キャンディは干し草の中に腰を下ろし、カーリーの女房の顔をしげしげと見た。「それにしても哀れな女だ」と、彼は静かに呟いた。男たちの足音が次第に遠ざかっていった。馬屋の中はだんだん暗くなり、それぞれの仕切りの中で、ウマたちが足を踏み鳴らし、はづなの鎖をガチャつかせた。キャンディ老人は干し草の中に横になり、両目を片腕で覆った。

第六章

サリナス川の深い緑色の淵には、静かな夕暮れが訪れていた。陽射しはすでに谷間を離れ、ガビラン山脈の斜面をよじ登り、こんもりした丘の頂が夕日でバラ色に輝いている。しかし、まだらに彩られたスズカケノキの小森に囲まれた淵の辺りは、心地よく陰っていた。

頭を潜望鏡のようにもたげて、左右に振りながら、一匹の水ヘビが水面を滑っていく。水ヘビは淵の端まで達し、浅瀬で身じろぎもせず佇む（たたず）サギの足元に辿り着いた。するとサギがその頭と鋭いくちばしを音もなく振りおろし、瞬時に水ヘビの頭部を摘まむ。そして、必死に尾を振る水ヘビを呑み込んだ。

遠くで風の音がしたかと思うと、突風が梢（こずえ）を波打たせて吹き過ぎた。スズカケノキの篠葉は銀色の葉裏を翻し、地面を覆っている茶色い枯れ葉が舞い上がる。そして、風の小さな波紋が緑色の水だまりの表面を揺らしながら幾重にも広がっていた。

風は吹いた時と同じように唐突にやみ、空き地は再び、静寂を取り戻した。サギがじっと浅瀬に佇み、獲物を待っている。小さな水ヘビがもう一匹、頭を潜望鏡のように左右に振りながら、水だまりの淵を横切ってきた。

まるでクマが忍び寄るように音も立てずに、突然、レニーが茂みの中から姿を現した。サギは翼をバタバタさせながら水面から体を持ち上げ、川下へと飛び去る。小さな水ヘビは、淵に生育するアシの茂みの中にすっと滑り込んだ。

レニーは淵にそっと近づいた。膝をついて唇を水の表面に辛うじて付け、喉を潤した。その背後で、一羽の小鳥が枯れ葉の上を掠めて飛ぶと、彼は頭をグイッと上げて、目と耳を音のしたほうに向けていたが、小鳥が目に入ると、頭を下げて、また水を飲み始めた。

水を飲み終わると、レニーは岸辺に横向きに腰を下ろし、向こうの小径の入り口を見張れるようにした。そして、膝を抱え、その上に顎を載せた。

陽射しは深い谷間を出て斜面を這い上がってゆき、やがて山々の頂を金色に染めて、燃え立たせた。

レニーは低い声でつぶやいた。「どうだ、忘れてなかったろ。どんなもんだい。茂みに隠れて、ジョージを待つんだ」彼は帽子を眉毛まで引き下げた。「ジョージはすつごく怒るだろうな」と、彼は声を落とした。「もうお前に邪魔されない人生を送りたいから、一人にしてくれって言うだろうな」レニーは顔を上げて、鮮やかな夕陽に染まる山々の頂を眺めた。「そしたら、あそこに行って洞穴を見つけようか」それから悲しい顔で続けた。「――もうケチャップにありつけねえだろうけど――そんなことは構わねえ。もし、ジョージがお前なんか失せろと言ったら……おらぁは行く。行くともさ」

すると、レニーの頭から小柄で太った老婦人が現れた。彼女はレンズの分厚い丸メガネをかけ、ポケットのついたギンガムチェックの大きなエプロンをつけていた。パリッとしたもので身を包んで清潔感を漂わせている。彼女はレニーの前に立つと、両手を腰に当て、非難がましく眉をひそめた。

そして、レニーの声で話しだした。「幾度も言ったのに。〈ジョージはとてもいい人で、お前に優しくしてくれるんだから、あの人の言うことを聞きなさい〉って私はそう言ったわよね。でも、お前はそんなことはお構いなし。悪いことばかり繰り返してきた」

レニーはこう答えた。「おらぁ、ジョージの言うことを聞こうとしたんだよ、クラおばさん。一生懸命聞こうとした。仕方なかったんだよ」

「お前は、ちっともジョージのことを考えない」と、彼女はレニーの声で続けた。「ジョージはいつもお前のことを考えて、優しくしてくれるのに。パイを一切れ手に入れれば、いつもその半分か半分以上をお前にくれる。それに、ケチャップがあれば、そっくりお前にくれるじゃないか」

「わかってるよ」レニーはみじめな気持ちで答えた。「おらぁ、努力したんだよ、クララおばさん。とにかくジョージの言うことを聞こうとしたんだ」

彼女はレニーの言葉を遮った。「お前さえいなければ、あの人は、それなりに楽しくやれただろうに。稼いだ金を売春宿の女の子につぎ込んでどんちゃん騒ぎしてさ。ビリヤードで景気よく賭けて楽しむことだってできたはずだ。けど、お前の面倒をみなきゃならなかった」

レニーは悲痛な呻き声を漏らした。「わかってるよ、クララおばさん。おらぁ、このまま山に行って洞穴を探してそこに住むよ。もうこれ以上、ジョージには厄介をかけねぇよ」

「お前は、いつもそう言うね」と、彼女はピシャリと厳しく言った。「いつもそう言うけど、けっしてそんなこと、しやしないってちゃんとわかってるくせに。お前はこれからもジョージに纏わり付いて、しじゅう迷惑をかけるだろうよ」

レニーは言った。「どうやら、おらぁ、どこかへ行ってしまったほうがよさそうだなぁ。ジョージだって、もうおらにウサギの世話をさせてくれないだろうし」

クララおばさんは消え、今度はレニーの頭から一羽の大きなウサギが飛び出した。そのウサギはレニーの目の前にしゃがみ込むと、彼に向かって耳を振り、鼻にしわを寄せた。ウサギもやはりレニーの声で話した。

「ウサギの世話をするだって」その声は嘲りに満ちていた。「バカ言えよ。いいか、お前なんか、ウサギの足をなめる資格もないんだぞ。うっかり餌を忘れて、飢え死にさせるのがオチだ。決まってらあ。そうしたら、ジョージはどう思うかな？」

「おらぁ、けっして忘れねぇよ」と、レニーは大声で言い返した。

「呆れた物言いだなぁ」と、ウサギは言った。「お前なんか、油まみれの鉄棒にも劣る何の価値もない男さ。ジョージはお前をドブから引っ張り上げようと、あらゆる手段を尽くしたのに、このザマだ。ジョージがお前にウサギの世話を任せると思うなんて、お前はよくよくおめでたい男よ。そんなこと、ジョージがさせるはずがない。せいぜい棒でぶっ叩かれるのが関の山さ。ジョージはきっとそうするだろうよ」

レニーは負けじと抗弁した。「ジョージはそんなことなんかしねぇよ。そんな男じゃねぇ。おらぁ、あいつをよく知ってんだ——いつからか忘れちまったが——あいつとの付き合いは長いんだ。おらを棒で叩くだと、おらは棒で叩かれたことなんか、一度もねぇ。いつもおらには優しくしてくれる。意地悪なんかするような男じゃねぇよ」

「いや、ジョージはお前にうんざりしてるよ」と、ウサギは言った。「お前を打ち据えて、その足で一人でどこかへ行っちまうよ」

「そんなことするもんか」と、レニーは夢中で叫んだ。「ジョージはそんなことをするもんか。おらぁ、奴のことをよく知ってんだ。おらたちゃ、いつも一緒に旅をしてるんだぞ」

しかし、ウサギは低い声で何度も繰り返した。「ジョージはお前を置き去りにして、行っちゃうぜ、このバカ野郎。お前は独りぼっちになる。奴はお前を置き去りにするよ、この愚か者めが」

レニーは両手で耳を塞いだ。「アイツがそんな非情なことするもんか。そんなことするもんか」そして、彼は大声を張り上げた。「ああ！　ジョージ——ジョージ——ジョージ！」

ジョージが茂みの中から静かに姿を現し、ウサギが慌ててレニーの頭の中へ駆け込んだ。

ジョージは穏やかな口調で言った。「一体、何を大声でわめいてるんだ？」

レニーは膝をついて体を起こした。「おらを置いていかねえよな、ジョージ？　そんなことしねえのは、わかってるけど」

ジョージはぎこちない動きで近づいてくると、レニーの傍に座った。「ああ、そんなことするもんか」

「わかってんだ」と、レニーは叫んだ。「おめぇは、そんな男じゃねぇ」

ジョージは黙っている。

レニーは言った。「ジョージ」

「何だ？」

「おらぁ、また悪いことしちまったよ」

「そんなことは、もうどうでもいいさ」と、ジョージは言って、また黙りこんだ。いまや、日が当たっているのは山々の稜線(りょうせん)だけだった。渓谷を覆う影は仄かに青く、周囲の輪郭をぼかしている。遠くのほうから、男たちが互いに交わす叫び声が聞こえてきた。ジョージはその方向に顔を向けて、耳を澄ました。

レニーが言った。「ジョージ」

「何だ？」

「おらを怒らないのか？」

「お前を怒るって？」

「うん、いままでみたいにさ。〈お前さえいなければ、俺は五十ドルを手にし――〉」

「何だよ、お前って奴は！　ほかのことは何一つ覚えていねぇのに、俺が口走ったことはしっかり記憶してるんだな」

「あれを言わないのか？」

ジョージは身体を揺すった。それから無表情に言った。「もし一人だったら、俺は平穏な日々を過ごせるだろうよ」それは単調で力のない声だった。「俺は仕事にありついて、面倒なことに巻き込まれずにすむ」彼は口をつぐんだ。

「もっと言えよ」と、レニーは言った。「そして、月末になれば――」

「そう月末になったら、五十ドルを手にして……売春宿へ繰り出せる……」彼は再び口をつぐんだ。

レニーはじっとジョージの顔を見詰めた。「それから、ジョージ。それで、おしめえか？　もっと叱らねぇのか？」

「ああ」と、ジョージは言った。

「なぁ、おらは行っちまったっていいんだ」と、レニーは言った。「もし、おらのことが邪魔なら、丘にでも行って洞穴を見つけて暮らすさ」

ジョージはまた身体を揺すった。「いや」と、ジョージは言った。「お前には、俺の傍にいてほしいんだ」

レニーはずる賢く言葉を紡いだ――「なぁ、前みたいに話してくれよ」

「何を？」

「ほかのやつらのこととか、おらたちのこととか」

ジョージは言った。「俺たちみてぇな連中には、身寄りがねぇ。小金をせっせと稼いだところで、景気よくパッと使っちまう。あれこれ気にかけてくれるような人間も、一人もいねえ――」

「しかし、おらたちゃ違うんだ」レニーは嬉しそうに叫んだ。「今度はおらたちのことを話してくれよ」

ジョージは少しのあいだ、黙っていた。「しかし、俺たちゃ違う」

「なぜって――」

「そりゃ、俺にはお前がいるし――」

「おらにもおめぇがいる。おらたちにはお互い相手がいる。そこがみんなとはまるで違うんだ」レニーは得意満面になって叫んだ。

夕方の微風が空き地に吹きつけ、木の葉がカサカサと鳴る。そして、緑の淵の表面にはさざ波が立った。男たちの声が再び届いた。今度は前よりもずっと近くで聞こえた。

ジョージは帽子をとった。そして震える声で言った。「帽子を脱げよ、レニー。空気が気持ちいいぞ」

レニーはジョージの言葉に従い、それを自分の前の地面に置いた。渓谷を覆う影はより青みを増し、瞬く間に夕闇が迫った。茂みの中を縫ってやって来る足音が微風に乗って届く。

レニーは言う。「それでどうなるんだ、話してくれよ」

ジョージは遠くの物音に耳を澄ませていたせいで、出だしが紋切り型の口調になった。「川の向こう側を見てみろよ、レニー。そしたら、そこに見えているように話してやる」

レニーは向きを変えて、淵の向こう側に見える暗くなってゆくガビラン山脈の斜面に視線を注いだ。「俺たちゃ、小さな土地を持つんだ」ジョージは話し始めた。彼は脇のポケットに手を入れ、カールソンのルガー銃を取り出した。そして安全装置を外し、銃を握った手をレニーの背後の地面に置いた。彼はレニーの後頭部の、背骨と頭蓋骨が繋がっている辺りをじっと見た。

川の上流付近から男の呼び声が聞こえ、次に別の男がそれに応える声がした。

「続けてくれ」と、レニーは言った。

ジョージは銃を持ち上げたが、手が震え、また地面に下ろした。

「どうした、続けろよ」と、レニーが急かした。「それからどうなるんだ。おらたちや小さな土地を持つんだよな」

「そしたら、一頭のめウシを飼う」と、ジョージは言った。「それに、たぶんブタやニワトリも飼うことになるだろうな……低地には……アルファルファの畑をつくり――」

「ウサギの餌用に」と、レニーは語気を強めた。

「そう、ウサギの餌用にだ」と、ジョージは繰り返した。

「そして、おらがウサギの世話をするんだ」

「そう、お前がウサギの世話をする」

レニーは嬉しくて、クスクス笑った。「そして、土地からとれる極上のものを食べて暮らすんだよな」

「そうだとも」

レニーが振り向いた。

「ダメだよ、レニー。川の向こう側を見なきゃ。その土地が思い浮かぶように」

レニーは言われたとおりにした。ジョージは拳銃に目を落とした。

下草や小藪を踏み分ける音がすぐ後ろで聞こえる！　ジョージは振り向いて、そちら側を見た。

「続けろよ、ジョージ。それで、いつそうするんだ？」

「もうすぐさ」

「おらとおめぇとで」

「そうさ。お前と……俺で。みんながお前に優しくしてくれるぜ。もう面倒な揉め事もなくなる。いじめも盗みもなくなる」

レニーは言う。「てっきり、おらのことを怒ってると思ってたよ、ジョージ」

「いや」と、ジョージは答えた。「いや、レニー。俺は怒ってなんかいねえ。怒ったことなんかねえし、いまだって怒ってなんかいねえよ。それだけはわかってくれ」

声がさらに近づいてきた。ジョージは拳銃を上げ、声のするほうに耳を傾けた。

レニーがせがんだ。「すぐに取りかかろうぜ。その土地を手に入れようよ」

「ああ、そうだな。いますぐに取りかかろう。一緒にやろうぜ」

ジョージは拳銃を構えると、それを固く握りしめて銃口をレニーの後頭部に近づけた。拳銃を握っている手は激しく震えたが、口を引き結ぶと、手の震えも止まった。ジョージは引き金を引いた。銃声が静寂を破って丘の斜面を駆け上り、再び駆け下りてきた。レニーはビクンと身体を震わせ、ゆっくりと砂の上に前のめりに倒れた。そして静かに横たわった。

ジョージは震えながら拳銃を見つめ、やがて背後に積まれた古い灰の山の近くにそれを放り投げた。

叫び声や駆けてくる足音が茂み全体から聞こえてくるようだった。スリムの怒鳴り声が轟いた。「おい、ジョージ。どこにいるんだ、ジョージ？」

ジョージは身を強張らせて岸辺に座ったまま、拳銃を投げ捨てた右手をじっと見つめていた。男たちが空き地にどっと押し寄せて来た。先頭はカーリーだ。彼は砂の上に横たわるレニーを見つけた。「どうやらやっちまったか」彼は、傍に近寄りレニーを見下ろした。それから振り返ってジョージを見てつぶやいた。「頭の真後ろだな」

スリムはまっすぐジョージに歩み寄り、すぐそばに座った。「しっかりしろ」と、スリムは言った。「男にはやらなきゃならない時もあるさ」

しかし、カールソンがジョージの前に立ちはだかった。「どんな風にやったんだ?」と、彼は訊いた。

「ただ、やっただけだ」と、ジョージは疲れたように答えた。

「あの野郎が俺の拳銃を持ってたのか?」

「そうだ。レニーがアンタの拳銃を持ってたんだ」

「で、お前が奴から拳銃を奪い取って、やっちまったのか?」

「ああ、そうだ」まるでささやくような声だった。彼は拳銃を握っていた右手をじっと見つめていた。

スリムがジョージの肘をグイッと引いた。「来いよ、ジョージ。二人で一杯やろうぜ」

ジョージは引かれるままに立ち上がった。「ああ、一杯な」

スリムは言う。「やるしかなかったんだよ、ジョージ。仕方なかったんだ。さあ、行こう」スリムはジョージを導いて小径に足を踏み入れ、州道のほうへ上っていった。

カーリーとカールソンは、二人が去っていくのを見ていた。カールソンが言った。

「アイツら二人は、一体全体どうしてあんなに落ちこんでるんだ?」

訳者解説

齊藤　昇

個々の作家に対する文学評価が時代と読者の嗜好に応じて多様な受容の在り方を示すことは当然のことながら、一九六八年の没後から今日に至る歳月の間に、ジョン・スタインベックの作品群の文学史的な評価は常に高い水準で維持しているように思える。それは彼の著作が一貫して本国のアメリカ国内外の幅広い読者層に愛読され続けてきた証左だと言えるだろう。果たして、その安定感は物語を構成する普遍的な要素が高いという美質に由来するものだろうか。いずれにしても、地域社会の下層に精一杯生きた市井の人々を語らせたら当世随一の文人と評されるスタインベックは、忘れ難い余韻が残る感動的な作品を多く生んだ。本書『ハツカネズミと人間』もこの実力派作家の才筆が唸る傑作の一つである。

本書の中で描かれた激動に揺れる一九三〇年代のアメリカは、景気の反転がまったく望めないほど大恐慌による落ち込みが深かった。それは当時の著しく高い失業率が不況の深刻さを如実に物語っている。およそ経済は好況局面にあるとは言えなかった時代である。

大恐慌の余波の深刻さと「ダストボール」と呼ばれる砂嵐により、所有地が耕作不可能となって流民となる人たちの動静と耐え難い閉塞感に覆い尽くされた当時の社会状況を背景にして、故郷オクラホマを追われた一家が明日の糧の労働を求めてカリフォルニアへと旅立つ、いわば人間の不屈の精神の崇高性を描いた名作『怒りの葡萄』は、そうした容赦ない現実と資本主義社会の歯車から零れ落ちた人たちの悲哀を表象した畢生の大作であろう。

このような深刻化した不況がもたらす困難に立ち向かう大改革案として、第三十二代合衆国大統領フランクリン・ルーズベルトの政権のもとで実施されたニューディール政策のモデルが世界中から大きな注目を集めた。だが、この政策は生活支援、環境保護、地域経済開発など多岐にわたるものの、その成果は微妙にして不安定だったことは周知の事実である。大恐慌の時代では慢性的な労働過剰の傾向がみられ、特殊な不確定性を帯びてしまったのだ。それにより、ついには狭義の観点から人件費などを変動費化することが求められる始末だ。そして、やがて本書『ハツカネズミと人間』に描かれるような貧しい渡り労働者たちが名状し難い哀情を催す姿を呈することになる。暗く静かに格差と貧困が拡大し、然として憂慮すべき社会構造が形成されることによって、常に精神的な苦悩や疲弊が身近に潜む状況下にあったと言えるだろう。

荒(すさ)んだ心にじんわり染みいる不思議な物語『ハツカネズミと人間』の舞台は、作者スタインベックゆかりの地、カリフォルニア州モントレー郡のサリナス近郊に位置するソルダードである。現在、そこは昔ながらの農業地帯で地域の特色を生かした先進的な産業振興施策を展開しているし、また四季を通じて新鮮な食材も豊富な街へと変貌を遂げた。しかし、スタインベックが本作品を執筆した当時は、深刻な干ばつにしばしば見舞われるなど土地の劣化に直面し、砂嵐で農地を失った貧しい農民は一層貧しくなっていた。スタインベックは自然環境と人間の営みが調和した健全で持続可能な社会の構築に拘(こだわ)った。そして、貧困という圧倒的な現実を目の前に据えて、極太の筆致で主体的に築く優しい未来を書き連ねたのだ。

この作品はソルダードの原生的な自然環境を背景にして、農場という限定的な空間の中で、不安定な感情を抑制しながら大きな夢に向かおうとする渡り労働者ジョージとレニーの真摯な姿を追うだけに留まらず、二人の純情の壁を壊すことのない無垢(むく)な心の絆(きずな)を紡ぐ物語である。

しっかり者で小柄なジョージと知的障害を抱える巨漢で怪力のレニーには、「小さな土地を手に入れて、そこで農場を営み、ウサギなどの小動物を飼って自由気ままに暮らす」という叶えたい夢があった。それはどこか美しく儚さに包まれて哀しげな夢に思えた。主人公の一人であるジョージは、二人のおかれた状況を本文の中でこう語る。「俺たちみたいな、転々と場所を変えながら農場で働く渡り労働者は、この世でいちばん孤独な存在なんだ。何しろ、家族もいなければ、住む場所もねぇんだからな。農場に来ては、そこで額に汗してあくせく働く。その稼いだ金を握りしめて街に出て、ぱっと使い果たす。そうしたら、また新たな働き口の農場に向かい、汗水たらして遮二無二働くしかねぇ。明日の希望があるわけじゃねぇし」と。

やがて、物語は底意地が悪く狡猾な農場主の息子カーリーと、何とも魅惑的な美しさを放つその若妻の介在を奇抜な伏線として、ジョージとレニーの二人の背後に怪しい影が忍び寄る。そして事態は純粋で一途な執着気質が招く悲劇的な終幕へと転じてしまうのだ。貧困と密接に絡むピュアで無邪気な優しさ、それと自棄に陥ることの愚かさと無念。このような属性の持つ意味を淡々と問う傑作だと言えるだろう。そこに安っぽいヒューマニズムが入り込む余地はない。

ちなみに本書の原題名は、スコットランドが生んだ国民的な詩人ロバート・バーンズの詩「ハツカネズミに寄せて」(o' *Mice an' Men* from "To a Mouse")の次の一節から引用されたものである。あたかも、この物語の生成と後世までも語り草となった衝撃的な結末をほのめかしているかのようだ。

ハツカネズミと人間が織り成す入念な計画の下での目論見(もくろみ)も
やがて頓挫する。
約束された喜びは満たされず、
悲しみと苦しみの中に溺れ苦しむ

スタインベックの伝記作家ウィリアム・サウダーが自著 *Mad at the World; A Life of John Steinbeck* の中で「スタインベックは社会性の強い小説を書く偉大なるリアリスト作家」と述べているが、それはけだし至言である。なるほどそうした骨太な魅力も手伝ってか、英語圏のみならず、フランス、ドイツ、ロシア、スペイン、スウェーデン、ノルウェー、そして日本でも、それぞれの言語に翻訳されスタインベック文学の愛読者が短期間で広範囲に存在するようになったことは注目すべきだろう。なかでも、一九三〇年代のロシアではチェーホフやツルゲーネフにも匹敵するアメリカ人作家として高く評価され、翻訳書の累計発行部数も少しずつ増刷を重ねてその数を高く積み上げた。その人気の高さでは、続いてロシアの読者層に紹介されたノーベル文学賞受賞のアメリカ人作家アーネスト・ヘミングウェイらの追随をまったく許さなかった。

一九四七年にロシアとウクライナを訪れたスタインベックは、モスクワにある全ロシア外国語文学図書館（Всероссийская государственная библиотека иностранной литературы）でサイン会を開催したが、その会場全体は強烈な一体感と熱気に包み込まれたと広く報道されている。この旅行から戻ったスタインベックは、『ロシア紀行』（*A Russian Journal*）を出版した。紀行記には一緒に旅行した写真家ロバート・キャパの写真が収められている。

ところで、よく知られたエピソードだが奇しくもスタインベックとヘミングウェイの二人は共に短編小説の名手と謳われO・ヘンリーを称揚する目的で設立された〈O・ヘンリー賞〉を受賞しており、その後もこの作家のブームを牽引し、たしかな絆を繋いでいる。たとえば、『ノース・アメリカン・レヴュー』誌に掲載された短編小説「殺人」（"The Murder" 1934）で〈O・ヘンリー賞〉を受賞したスタインベックは、オムニバス形式でO・ヘンリーの代表作五編（「警官と讃美歌」、「クラリオン・コール新聞」、「最後の一葉」、「赤い酋長の身代金」、「賢者の贈り物」）を名優チャールズ・ロートン、そしてマリリン・モンローなどの魅力的なキャスティングで映画化しヘンリー・キングらが監督した『人生模様』（原題は*O.Henry's Full House,* 1952）の映像のナレーターを担当している。一方、ヘミングウェイは『スクリブナーズ・マガジン』に掲載された受賞作品「殺し屋たち」（"The Killers", 1927）の冒頭場面で"The door of Henry's lunchroom opened and two men came in. They sat down at the counter."と描写した。すなわち、殺人者たちが落ち合う場所を〈ヘンリー軽食堂〉と記してO・ヘンリーの特異な作風への畏敬の想いを込めてオマージュを捧げたのである。

かくして、スタインベック文学の魅力とは何かと問われれば、それは平易簡明の文体を旨とし、安易な柔和さや感傷とは趣を異にして、どこか時代を感じさせる懐かしくも写実的な風景を描きながら、そこはかとない悲哀と苦悩も忘れることなく現実に深く肉迫する独特な雰囲気を醸し出しているところだろう。しかも、一見すると人間や社会が抱える硬質なテーマであってもスタインベックの鮮やかな筆捌きによって、やりきれない思いや悲しさ、そして哀れな気持ちといった要素に心和むユーモアをそっとまぶした名品となり、その香り立つ甘酸っぱい文学的な滋味を味わうことができる。そんなところに人間の情動の正体を露わにさせながら、読み手を優しく包み込むような眼差しで恬淡と語るスタインベックの熟成した「文学力」が、清々しさを湛えて淡彩を放つのではないだろうか。だからこそ、過去の記憶や思い込みに囚われた頑なな読者であっても、そのリアリティの高い筆致の特質ゆえに、すんなり共感と感情移入の美点を享受することができるのだ。混沌とした時代が眩しく照らした偉大なる文学界の名匠であったと言える。

さて、つれづれなるままに。もうずいぶん以前の話だが、私はゆえあってサンフランシスコ滞在中のある機会に、カリフォルニア大学バークレー校バンクロフト図書館を訪れて諸書を渉猟していた。その折にふと一冊の本が目に留まった。それはスタインベックの『ハツカネズミと人間』の一九三七年出版の初版本 *Of Mice and Men* だった。小洒落た装丁画と大胆な文字デザインに思わず目を奪われてしまい、やがてだんだんと不思議な愛着が湧いてきた。この作家との奇縁が始まった瞬間だ。その珠玉との衝撃的な邂逅は、いまや往事茫々として遠い記憶の中に静かに眠る。

本書はジョン・スタインベックの中編小説 *Of Mice and Men* の全訳である。本書の訳出にあたって底本としたのは、*Of Mice and Men* (Penguin Books, 2014) である。また、大門一男訳『二十日鼠と人間』（新潮文庫、１９５３）と大浦暁生訳『ハツカネズミと人間』（新潮文庫、１９９４）の先行訳を適宜参照させていただいた。

なお本書に付した解説と年譜は、主として William Souder, *Mad at the World; A Life of John Steinbeck* (New York; W.W.Norton& Company,Inc.,2020) を参考に作成させていただいたことをお断りしておきたい。

最後に記することになってしまったが、本書の新訳版『ハツカネズミと人間』の刊行に当たっては、講談社文庫出版部担当部長の栗城浩美さんに一切のことを託して懇切丁寧に面倒をみていただいた。改めて厚く感謝申し上げる次第である。

二〇二三年八月

年譜

1902年	2月27日にカリフォルニア州モントレー郡サリナスで生まれる。姉2人、妹1人の長男だった。
1915年（13歳）	1900年創立のサリナス・ハイスクールに入学する。実家から数ブロック先のアリサル通りに面したハイスクールである。在学中はウォルト・ホイットマンの代表作『草の葉』、ジョージ・バーナード・ショーの戯曲『シーザーとクレオパトラ』、さらにロバート・ルイス・スティーヴンソンの冒険小説『宝島』など多岐にわたる作品を夢中になって貪り読む。また学内誌『エル・ガビラン』の副編集長に就任する。
1920年（18歳）	スタンフォード大学に入学する。大学では英文学を専攻し、イギリスの批評家・詩人サミュエル・ジョンソン研究の権威マージェリー・ベイリー教授の指導を受ける。また、海洋生物学にも関心を示す。英語研究クラブで上級生のキャサリン・ベスウィックの知己を得て、彼女の詩集の出版などを支援する。
1925年（23歳）	春にスタンフォード大学を退学する。その後、本格的な作家を志してニューヨークに進出する。ニューヨーク到着時の手持ちの現金は僅か3ドルだったという。すでに結婚してブルックリンに住んでいた姉のベスを頼り、当座の生活費30ドルを借りる。それからマンハッタンに出て、様々な仕事に従事する。しかし、まもなくしてカリフォルニア州中部サンタクルーズ郡ワトソンビルに住む妹のエスターに宛てた手紙で、ニューヨークでの悲惨な暮らしを嘆いている。

1926年（24歳）	ニューヨークでの深刻な生活困窮状態が続く。いくつかの雑誌などに小説を投稿するが、いずれも芳しい結果ではなかった。ついには悲嘆にくれて帰郷の途につく。
1929年（27歳）	8月に処女作『黄金の杯』(*Cup of Gold*)を出版する。この小説は幾分ケルト的な趣を宿し、そこに通底するのはアンビバレントな心理と観念か。「暗黒の木曜日」と呼ばれた10月24日のニューヨーク株式市場が歴史的な株価の大暴落。
1930年（28歳）	1881年にサンフランシスコで設立された老舗の食品メーカー、「シリング・スパイス・カンパニー」で働いていたキャロル・ヘニングと1月14日に結婚する。この年は大恐慌により1300以上の銀行が倒産した。翌年はさらに2，300の銀行が倒産に陥るという大不況に見舞われた。
1932年（30歳）	前年の夏より構想を練って執筆していた『天の牧場』（*The Pastures of Heaven*）ができあがり上梓される。カリフォルニア州のパロアルト近くのラホンダの森の中で、大木の株をデスク代わりにしてこの作品の執筆を続けたというエピソードもまことしやかに語り継がれている。この作品はやがて文芸雑誌の間でも次第に好評を博す。
1933年（31歳）	『知られざる神に』（*To A God Unknown*）を出版する。3月4日、当時の大不況を背景に第32代合衆国大統領フランクリン・ルーズベルトが言い放った次の力強い言葉に、本人の生活環境も絡めてスタインベックは勇気づけられたようだ。「我々が恐れなければならない唯一のものは、恐れそのものである」（"The only thing we have to fear is fear itself."）。ほかには『赤い子馬』（*The Red Pony*）なども発表する。

1934年（32歳）	最愛の母オリーブ・ハミルトンが亡くなる。代表作『怒りの葡萄』（*The Grapes of Wrath*）をはじめとして、複数の作品に登場する女性像にこの母親への思慕が映る。短編小説「殺人」（"The Murder"）が『ノース・アメリカン・レヴュー』4月号に掲載される。これにより「O・ヘンリー賞」を受賞する。
1935年（33歳）	代表作の一つとなった『トーティラ・フラット』（*Tortilla Flat*）を出版する。『ニューヨーク・タイムズ』などの論評もこの作品の質感を踏まえて高いものだった。ちなみに、初版発行部数は4千部である。
1936年（34歳）	『疑わしき戦い』（*In Dubious Battle*）を出版する。これはカリフォルニア州の農園で働く労働者たちの葛藤の模様を描いた長編小説である。本書の題名はジョン・ミルトンの『失楽園』の一節からの引用。
1937年（35歳）	2月に『ハツカネズミと人間』（*Of Mice and Men*）を出版する。本書の題名はロバート・バーンズの「ハツカネズミに寄せて」（"To a Mouse"）の一節からの引用。秋にはニューヨークのブロードウェイで戯曲化されたものが上演される。当時の多くの批評家たちは、この作品に漂う「文学作品としての重層性や多義性」を高く評価した。
1938年（36歳）	短編集『長い谷間』（*The Long Valley*）を出版する。『ロサンゼルス・タイムズ』や『ニューヨーク・ヘラルド・トリビューン』などのレビューも好評だった。

1939年（37歳）	4月14日に大作『怒りの葡萄』（*The Grapes of Wrath*）を出版する。『ニューヨーク・タイムズ・ブックレビュー』の主幹ピーター・M・ジャックは、この作品を「憐れみと憤りを表象した崇高な物語」と評して絶賛した。アメリカの著名な文芸評論家アルフレッド・ケイズンなどは、『怒りの葡萄』（*The Grapes of Wrath*）を代表格にして、スタインベックの作品群に通底するのは「非目的論的思考方法」"nonteleological" の論理だと語っている。
1940年（38歳）	春に『怒りの葡萄』（*The Grapes of Wrath*）により小説部門でピューリッツァー賞の受賞を果たした。スタインベック本人はアメリカの劇作家ウィリアム・サローヤンがその賞を受賞するものと思っていたらしい。
1941年（39歳）	メキシコへの取材旅行を敢行した成果は『忘れられた村』（*Forgotten Village*）となって結実する。また12月には海洋生物学の知識を活かした航海記『コルテスの海』（*Sea of Cortez*）を出版する。この本も批評家たちからは「美しい描写を駆使した稀有な著作」という圧倒的な好評を得る。
1942年（40歳）	3月に『月は沈みぬ』（*The Moon is Down*）を出版する。初版の8万5千部は完売したものの、批評家たちの評価は二分された。また、11月に『爆弾投下』（*Bombs Away*）を出版する。
1943年（41歳）	正式に妻キャロル・ヘニングとの離婚が成立する。26歳になったばかりのグウィンドリン・コンガーとニューオーリンズで3月29日に再婚する。その後、ニューヨークに移る。二

	人の息子トマス（1944年8月2日生まれ）とジョン（1946年6月12日生まれ）が誕生する。20世紀フォックスからの依頼に応じて、アルフレッド・ヒッチコックの映画『救命艇』（*Lifeboat*）のシナリオを書く。『ニューヨーク・ヘラルド・トリビューン』の特派員としてロンドン、アルジェリア、地中海沿岸地域、イタリアなどへ派遣される。
1944年（42歳）	グウィンドリンが第一子を妊娠する。二人でメキシコへ旅立つ。
1945年（43歳）	1月に長編小説『キャナリー・ロウ』（缶詰横町／*Cannery Row*）を出版する。予約注文は25万部を超える。
1946年（44歳）	次男ジョンの誕生を契機に、一層奮励の筆をもって創作活動に取り組む。『気まぐれバス』（*The Wayward Bus*）の執筆に取りかかる。一日あたり2，000字を目標に執筆を進める。
1947年（45歳）	2月に『気まぐれバス』（*The Wayward Bus*）を出版する。「月例図書推薦会」からの受注は驚異の60万部に達した。さらに予約注文は15万部を超える。8月から40日間、20世紀を代表する著名な戦場カメラマンのロバート・キャパと一緒に、ウクライナとロシアの方々を巡る旅を敢行する。彼とはロンドンで知己となっていた。二人はニューヨークのベッドフォード・ホテルで再会を果たしている。『真珠』（*The Pearl*）を出版する。
1948年（46歳）	ロシア周辺で見聞したことを記した200頁にわたる手書きノートをもとに『ロシア紀行』（*A Russian Journal*）を出版する。ちなみに、同行したキャパは5，000枚余りの写真を撮っている。グウィンドリンと離婚する。

1950年（48歳）	12月28日にバイキング出版社長ハロルド・ギンズバーグの家でエレーン・スコットと結婚式を挙げる。『爛々と燃ゆる』（*Burning Bright*）を出版する。これは「劇小説」という形式で書かれたもので、原題はイギリスのロマン派の詩人ウィリアム・ブレイクの「虎よ」の詩の一節から引用されている。
1951年（49歳）	『コルテスの海 航海日誌』（*The Log from the Sea of Cortez*）を出版する。
1952年（50歳）	9月に長編小説『エデンの東』（*East of Eden*）を出版する。この題名は『旧約聖書』の「創世記」の一節からの引用である。1955年にエリア・カザン監督、そして本格的デビューを果たしたジェームズ・ディーンの主演で映画化され一世を風靡した。ジェームズ・ディーンはその時代の鬱屈した若者の心情と美醜を見事に演じ切った。
1954年（52歳）	『たのしい木曜日』（*Sweet Thursday*）を出版する。
1957年（55歳）	中編小説『ピピン四世の短い治世』（*The Short Reign of Pippin IV*）を出版する。9月に国際ペン大会第29回大会が日本で開催され、それに参加する。その折に風邪を患う。東京からの帰途、サンフランシスコに立ち寄り、エスター、ベス、そしてメアリーの三人の姉妹に会う。
1958年（56歳）	『かつて戦争があった』（*Once There Was A War*）を出版する。

1961年（59歳）	『われらが不満の冬』（*The Winter of Our Discontent*）を出版する。1月20日、ジョン・F・ケネディ大統領はワシントンD．C．の連邦議会議事堂で就任演説を行った。その場にスタインベックが招待される。
1962年（60歳）	『チャーリーとの旅』（*Travels With Charley: In Search of America*）を出版する。1943年を皮切りに、ノーベル文学賞候補に過去3度ノミネートされたが、今回ようやく受賞を果たすことになった。
1964年（62歳）	9月にホワイトハウスでリンドン・B・ジョンソン大統領より大統領自由勲章を授与される。
1966年（64歳）	エッセイと写真をふんだんに盛り込んだ本『アメリカとアメリカ人』（*America and Americans*）を出版する。
1967年（65歳）	腰部脊柱管狭窄症の再発による激痛と不整脈に悩まされる。
1968年（66歳）	12月20日午後5時30分にニューヨークで心不全により死亡する。

|著者| ジョン・アーンスト・スタインベック　アメリカの小説家・劇作家。1929年に処女作『黄金の杯』を出版。'34年には短編小説「殺人」が『ノース・アメリカン・レヴュー』4月号に掲載され、これにより「O・ヘンリー賞」を受賞する。'37年に『ハツカネズミと人間』（本作）を出版する。'57年には国際ペン大会で来日を果たした。'62年にノーベル文学賞受賞。

|訳者| 齊藤 昇　立正大学文学部教授（文学博士）。主な著書に『「最後の一葉」はこうして生まれた――O・ヘンリーの知られざる生涯』（角川学芸ブックス）、『ユーモア・ウィット・ペーソス――短編小説の名手O・ヘンリー』（NHK出版）など。主な訳書には『わが旧牧師館への小径』（平凡社ライブラリー）、『ウォルター・スコット邸訪問記』、『ブレイスブリッジ邸』、『スケッチ・ブック（上）（下）』（以上、岩波文庫）、『アルハンブラ物語』（光文社古典新訳文庫）などがある。

ハツカネズミと人間（にんげん）

ジョン・スタインベック | 齊藤（さいとう） 昇（のぼる） 訳

講談社文庫

定価はカバーに表示してあります

2023年９月15日第１刷発行

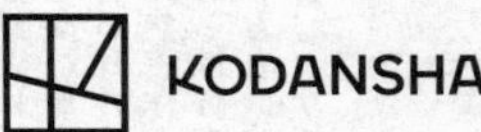

発行者――髙橋明男

発行所――株式会社　講談社

東京都文京区音羽2-12-21　〒112-8001

電話　出版（03）5395-3510
　　　販売（03）5395-5817
　　　業務（03）5395-3615

Printed in Japan

デザイン―菊地信義

本文データ制作―講談社デジタル製作

印刷―――株式会社KPSプロダクツ

製本―――株式会社国宝社

ISBN978-4-06-532731-9

講談社文庫刊行の辞

二十一世紀の到来を目睫に望みながら、われわれはいま、人類史上かつて例を見ない巨大な転換期をむかえようとしている。

世界も、日本も、激動の予兆に対する期待とおののきを内に蔵して、未知の時代に歩み入ろうとしている。このときにあたり、創業の人野間清治の「ナショナル・エデュケイター」への志を現代に甦らせようと意図して、われわれはここに古今の文芸作品はいうまでもなく、ひろく人文・社会・自然の諸科学から東西の名著を網羅する、新しい綜合文庫の発刊を決意した。

激動の転換期はまた断絶の時代である。われわれは戦後二十五年間の出版文化のありかたへの深い反省をこめて、この断絶の時代にあえて人間的な持続を求めようとする。いたずらに浮薄な商業主義のあだ花を追い求めることなく、長期にわたって良書に生命をあたえようとつとめるところにしか、今後の出版文化の真の繁栄はあり得ないと信じるからである。

同時にわれわれはこの綜合文庫の刊行を通じて、人文・社会・自然の諸科学が、結局人間の学にほかならないことを立証しようと願っている。かつて知識とは、「汝自身を知る」ことにつきていた。現代社会の瑣末な情報の氾濫のなかから、力強い知識の源泉を掘り起し、技術文明のただなかに、生きた人間の姿を復活させること。それこそわれわれの切なる希求である。

われわれは権威に盲従せず、俗流に媚びることなく、渾然一体となって日本の「草の根」をかたちづくる若く新しい世代の人々に、心をこめてこの新しい綜合文庫をおくり届けたい。それは知識の泉であるとともに感受性のふるさとであり、もっとも有機的に組織され、社会に開かれた万人のための大学をめざしている。大方の支援と協力を衷心より切望してやまない。

一九七一年七月

野間省一

講談社文庫 最新刊

三津田信三
忌名の如き贄るもの
村に伝わる「忌名の儀式」の最中に起きた殺人事件に刀城言耶が挑む。シリーズ最新作！

高田崇史
QED 〈源氏の神霊〉
鵺退治の英雄は、なぜ祟り神になったのか？源平合戦の真実を解き明かすQED最新作。

石沢麻依
貝に続く場所にて
ドイツで私は死者の訪問を受ける。群像新人文学賞と芥川賞を受賞した著者のデビュー作。

円堂豆子
杜ノ国の神隠し
真織と玉響。二人が出逢い、壮大な物語の幕が上がる。文庫書下ろし古代和風ファンタジー！

小原周子
留子さんの婚活
わが子の結婚のため親の婚活パーティに通う留子。本当は別の狙いが——。〈文庫書下ろし〉

ジョン・スタインベック　齊藤昇 訳
ハツカネズミと人間
貧しい渡り労働者の苛酷な日常と無垢な心の絆を描き出す、今こそ読んで欲しい名作！

講談社タイガ

小島環
唐国の検屍乙女 〈水都の紅き花嫁〉
見習い医師の紅花と破天荒な美少年・九曜。名バディが検屍を通して事件を暴く！

芹沢政信
天狗と狐、父になる 〈春に誓えば夏に咲く〉
伝説級の最強のあやかしも、子育てはトラブルばかり。天狗×霊狐ファンタジー第2弾！

講談社文芸文庫

柄谷行人

柄谷行人の初期思想

解説=國分功一郎　年譜=関井光男・編集部

『力と交換様式』に結実した柄谷行人の思想——その原点とも言うべき初期論文集は広義の文学批評の持続が、大いなる思想的な達成に繋がる可能性を示している。

978-4-06-532944-3　かB21

伊藤痴遊

続 隠れたる事実

明治裏面史

解説=奈良岡聰智

維新の三傑の死から自由民権運動の盛衰、日清・日露の栄光の勝利を説く稀代の講釈師は過激事件の顛末や多くの疑獄も見逃さない。戦前の人びとを魅了した名調子！

978-4-06-532684-8　いZ2

海外作品

小説

ウェンディ・ウォーカー 池田真紀子訳 まだすべてを忘れたわけではない
D・クロンビー 西田佳子訳 警視の週末
D・クロンビー 西田佳子訳 警視の挑戦
D・クロンビー 西田佳子訳 警視の哀歌
D・クロンビー 西田佳子訳 警視の謀略
D・クロンビー 西田佳子訳 警視の慟哭
ウィリアム・K・クルーガー 野口百合子訳 闇の記憶
P・コーンウェル 池田真紀子訳 死層 (上)(下)
P・コーンウェル 池田真紀子訳 邪悪 (上)(下)
P・コーンウェル 池田真紀子訳 烙印 (上)(下)
マイクル・コナリー 古沢嘉通訳 燃える部屋 (上)(下) 〈シリーズ25周年記念エッセイ収録〉
マイクル・コナリー 古沢嘉通訳 贖罪の街 (上)(下)
マイクル・コナリー 古沢嘉通訳 訣別 (上)(下)
マイクル・コナリー 古沢嘉通訳 レイトショー (上)(下)
マイクル・コナリー 古沢嘉通訳 汚名 (上)(下)
マイクル・コナリー 古沢嘉通訳 素晴らしき世界 (上)(下)
マイクル・コナリー 古沢嘉通訳 鬼火 (上)(下)
マイクル・コナリー 古沢嘉通訳 警告 (上)(下)
マイクル・コナリー 古沢嘉通訳 潔白の法則 (上)(下) 〈リンカーン弁護士〉
マイクル・コナリー 古沢嘉通訳 ダーク・アワーズ (上)(下)
ジェーン・シェミルト 北沢あかね訳 ナオミ
L・チャイルド 小林宏明訳 パーソナル (上)(下)
リー・チャイルド 青木創訳 ミッドナイト・ライン (上)(下)
リー・チャイルド 青木創訳 葬られた勲章 (上)(下)
リー・チャイルド 青木創訳 宿敵 (上)(下)
リー・チャイルド 青木創訳 奪還 (上)(下)
ハックスリー 松村達雄訳 すばらしい新世界
アリス・フィーニー 西田佳子訳 ときどき私は嘘をつく
ルシア・ベルリン 岸本佐知子訳 掃除婦のための手引き書 〈――ルシア・ベルリン作品集〉
C・J・ボックス 野口百合子訳 狼の領域
C・J・ボックス 野口百合子訳 冷酷な丘
C・J・ボックス 野口百合子訳 鷹の王
ジョージ・ルーカス著 上杉隼人訳 スター・ウォーズ 〈エピソードⅣ 新たなる希望〉
ジョージ・ルーカス原作 ドナルド・F・グルート著 杉山まどか訳 スター・ウォーズ 〈エピソードⅤ 帝国の逆襲〉
ジョージ・ルーカス原作 ジェームズ・カーン著 上杉隼人訳 スター・ウォーズ 〈エピソードⅥ ジェダイの帰還〉
J・J・エイブラムス他原作 アラン・D・フォスター著 稲村広香訳 スター・ウォーズ 〈フォースの覚醒〉
ジョージ・ルーカス原作 テリー・ブルックス著 上杉隼人／大島資生訳 スター・ウォーズ 〈エピソードⅠ ファントム・メナス〉
ジョージ・ルーカス原作 R・A・サルヴァトーレ著 上杉隼人／上原尚子訳 スター・ウォーズ 〈エピソードⅡ クローンの攻撃〉
ジョージ・ルーカス原作 マシュー・ストーヴァー著 上杉隼人／有馬さとこ訳 スター・ウォーズ 〈エピソードⅢ シスの復讐〉
ジョン・ノール他原作 アレクサンダー・フリード著 稲村広香訳 ローグ・ワン 〈スター・ウォーズ・ストーリー〉
ライアン・ジョンソン原作 ジェイソン・フライ著 稲村広香訳 スター・ウォーズ 〈最後のジェダイ〉
ローレンス・カスダン ジョナサン・カスダン原作 ムア・ラファティ著 稲村広香訳 ハン・ソロ 〈スター・ウォーズ・ストーリー〉
J・J・エイブラムス他原作 レイ・カーソン著 稲村広香訳 スター・ウォーズ 〈スカイウォーカーの夜明け〉
ティモシイ・ザーン 富永和子訳 スター・ウォーズ 帝国の後継者 (上)(下)
ティモシイ・ザーン 富永和子訳 スター・ウォーズ 暗黒の艦隊 (上)(下)

講談社文庫　海外作品

ティモシイ・ザーン　富永和子訳　スター・ウォーズ 最後の指令(上)(下)
ジャンニ・ロダーリ　内田洋子訳　パパの電話を待ちながら
ジャンニ・ロダーリ　内田洋子訳　緑の髪のパオリーノ
ジャンニ・ロダーリ　内田洋子訳　クジオのさかな会計士
ジャンニ・ロダーリ　山田香苗訳　うそつき王国とジェルソミーノ

ノンフィクション

M・セリグマン　山村宜子訳　オプティミストはなぜ成功するか
ダニエル・タメット　古屋美登里訳　ぼくには数字が風景に見える

児童文学

エーリッヒ・ケストナー　山口四郎訳　飛ぶ教室
ディック・ブルーナ　講談社編　ミッフィーからの贈り物（ブルーナさんがはじめて語る人生と作品のひみつ）
ディック・ブルーナ　講談社編　miffy Notepad Red
ディック・ブルーナ　講談社編　miffy Notepad White
ディック・ブルーナ　講談社編　BLACK BEAR Notepad
トーベ・ヤンソン　下村隆一訳　新装版 ムーミン谷の彗星
トーベ・ヤンソン　山室静訳　新装版 たのしいムーミン一家
トーベ・ヤンソン　小野寺百合子訳　新装版 ムーミンパパの思い出
トーベ・ヤンソン　下村隆一訳　新装版 ムーミン谷の夏まつり
トーベ・ヤンソン　山室静訳　新装版 ムーミン谷の冬
トーベ・ヤンソン　山室静訳　新装版 ムーミン谷の仲間たち
トーベ・ヤンソン　小野寺百合子訳　新装版 ムーミンパパ海へいく
トーベ・ヤンソン　鈴木徹郎訳　新装版 ムーミン谷の十一月
トーベ・ヤンソン　冨原眞弓訳　小さなトロールと大きな洪水
ヤンソン(文・絵)　パルッキネン(編)　渡部翠(訳)　ムーミン谷の名言集
ヤンソン(絵)　ニョロニョロ ノート
ヤンソン(絵)　ムーミンママ ノート
ヤンソン(絵)　ムーミン ノート
ヤンソン(絵)　ムーミンパパ ノート
ヤンソン(絵)　ムーミン谷 春のノート
ヤンソン(絵)　ムーミン谷 夏のノート
ヤンソン(絵)　ムーミン谷 秋のノート
ヤンソン(絵)　ムーミン谷 冬のノート
ヤンソン(絵)　ムーミン100冊読書ノート
ヤンソン(絵)　リトルミイ ノート
ヤンソン(絵)　スナフキン ノート
ヤンソン(絵)　リトルミイ 100冊読書ノート
ヤンソン(絵)　ムーミン ぬりえダイアリー
ヤンソン(絵)　ムーミン谷の仲間たち ぬりえダイアリー
L・ワイルダー　こだま・渡辺訳　大きな森の小さな家
L・ワイルダー　こだま・渡辺訳　大草原の小さな家
L・ワイルダー　こだま・渡辺訳　プラム川の土手で
L・ワイルダー　こだま・渡辺訳　シルバー湖のほとりで
L・ワイルダー　こだま・渡辺訳　農場の少年
L・ワイルダー　こだま・渡辺訳　大草原の小さな町

講談社文庫　目録

あさのあつこ　NO.6〔ナンバーシックス〕#7
あさのあつこ　NO.6〔ナンバーシックス〕#8
あさのあつこ　NO.6〔ナンバーシックス〕#9
あさのあつこ　NO.6beyond〔ナンバーシックス・ビヨンド〕
あさのあつこ　待ってる〈橘屋草子〉
あさのあつこ　さいとう市立さいとう高校野球部(上)(下)
あさのあつこ　甲子園でエースしちゃいました〈さいとう市立さいとう高校野球部〉
あさのあつこ　おれが先輩？
阿部夏丸　泣けない魚たち
朝倉かすみ　肝、焼ける
朝倉かすみ　好かれようとしない
朝倉かすみ　ともしびマーケット
朝倉かすみ　感応連鎖
朝倉かすみ　たそがれどきに見つけたもの
朝比奈あすか　憂鬱なハスビーン
朝比奈あすか　あの子が欲しい
天野作市　気高き昼寝
天野作市　みんなの旅行
青柳碧人　浜村渚の計算ノート

青柳碧人　浜村渚の計算ノート 2さつめ〈ふしぎの国の期末テスト〉
青柳碧人　浜村渚の計算ノート 3さつめ〈水色コンパスと恋する幾何学〉
青柳碧人　浜村渚の計算ノート 3と$\frac{1}{2}$さつめ〈ふえるま島の最終定理〉
青柳碧人　浜村渚の計算ノート 4さつめ〈方程式は歌声に乗って〉
青柳碧人　浜村渚の計算ノート 5さつめ〈鳴くよウグイス、平面上〉
青柳碧人　浜村渚の計算ノート 6さつめ〈パピルスよ、永遠に〉
青柳碧人　浜村渚の計算ノート 7さつめ〈悪魔とポタージュスープ〉
青柳碧人　浜村渚の計算ノート 8さつめ〈虚数じかけの夏みかん〉
青柳碧人　浜村渚の計算ノート 8と2分の1さつめ〈つるかめ家の一族〉
青柳碧人　浜村渚の計算ノート 9さつめ〈恋人たちの必勝法〉
青柳碧人　霊視刑事夕雨子1〈誰かがそこにいる〉
青柳碧人　霊視刑事夕雨子2〈雨空の鎮魂歌〉
朝井まかて　花競べ〈向嶋なずな屋繁盛記〉
朝井まかて　ちゃんちゃら
朝井まかて　すかたん
朝井まかて　ぬけまいる
朝井まかて　恋歌
朝井まかて　阿蘭陀西鶴
朝井まかて　藪医 ふらここ堂

朝井まかて　福袋
朝井まかて　草々不一
歩りえこ　ブラを捨て旅に出よう〈貧乏乙女の"世界一周"旅行記〉
安藤祐介　営業零課接待班
安藤祐介　被取締役新入社員
安藤祐介　おい！山田〈大翔製菓広報宣伝部〉
安藤祐介　宝くじが当たったら
安藤祐介　一〇〇〇ヘクトパスカル
安藤祐介　テノヒラ幕府株式会社
安藤祐介　本のエンドロール
青木理　絞首刑
麻見和史　石の繭〈警視庁殺人分析班〉
麻見和史　蟻の階段〈警視庁殺人分析班〉
麻見和史　水晶の鼓動〈警視庁殺人分析班〉
麻見和史　虚空の糸〈警視庁殺人分析班〉
麻見和史　聖者の凶数〈警視庁殺人分析班〉
麻見和史　女神の骨格〈警視庁殺人分析班〉
麻見和史　蝶の力学〈警視庁殺人分析班〉
麻見和史　雨色の仔羊〈警視庁殺人分析班〉

講談社文庫　目録

- 麻見和史　奈落の偶像〈警視庁殺人分析班〉
- 麻見和史　鷹の砦〈警視庁殺人分析班〉
- 麻見和史　凪の残響〈警視庁殺人分析班〉
- 麻見和史　天空の鏡〈警視庁殺人分析班〉
- 麻見和史　深紅の断片〈警防課救命チーム〉
- 麻見和史　邪神の天秤〈警視庁公安分析班〉
- 麻見和史　偽神の審判〈警視庁公安分析班〉
- 有川　浩　三匹のおっさん
- 有川　浩　三匹のおっさん　ふたたび
- 有川　浩　ヒア・カムズ・ザ・サン
- 有川　浩　旅猫リポート
- 有川ひろ　アンマーとぼくら
- 有川ひろ ほか　ニャンニャンにゃんそろじー
- 荒崎一海　門前仲町〈九頭竜覚山　浮世綴㈠〉
- 荒崎一海　蓬萊橋雨景〈九頭竜覚山　浮世綴㈡〉
- 荒崎一海　寺町哀感〈九頭竜覚山　浮世綴㈢〉
- 荒崎一海　小名木川〈九頭竜覚山　浮世綴㈣〉
- 荒崎一海　一色町雪花〈九頭竜覚山　浮世綴㈤〉
- 朱野帰子　駅物語
- 朱野帰子　対岸の家事
- 東　浩紀　一般意志2・0〈ルソー、フロイト、グーグル〉
- 朝倉宏景　白球アフロ
- 朝倉宏景　野球部ひとり
- 朝倉宏景　つよく結べ、ポニーテール
- 朝倉宏景　あめつちのうた
- 朝倉宏景　エール〈夕暮れサウスポー〉
- 朝井リョウ　スペードの3
- 朝井リョウ　世にも奇妙な君物語
- 有沢ゆう希／末次由紀 原作　〈小説〉ちはやふる　上の句
- 有沢ゆう希／末次由紀 原作　〈小説〉ちはやふる　下の句
- 有沢ゆう希／末次由紀 原作　〈小説〉ちはやふる　結び
- 有沢ゆう希　小説　パーフェクトワールド〈君といる奇跡〉
- 有沢ゆう希／原作：金田一蓮十郎／脚本：徳永友一　小説　ライアー×ライアー
- 秋川滝美　幸腹な百貨店
- 秋川滝美　幸腹な百貨店〈デパ地下おにぎり騒動〉
- 秋川滝美　幸腹な百貨店〈催事場で蕎麦屋呑み〉
- 秋川滝美　マチのお気楽料理教室
- 秋川滝美　ヒソップ亭〈湯けむり食事処〉
- 秋川滝美　ヒソップ亭2〈湯けむり食事処〉
- 赤神　諒　神遊の城
- 赤神　諒　大友二階崩れ
- 赤神　諒　大友落月記
- 赤神　諒　酔象の流儀　朝倉盛衰記
- 赤神　諒　空貝〈村上水軍の神姫〉
- 赤神　諒　立花三将伝
- 彩瀬まる　やがて海へと届く
- 浅生　鴨　伴走者
- 天野純希　有楽斎の戦
- 天野純希　雑賀のいくさ姫
- 青木祐子　コーチ！〈はげまし屋・立花ことりのクライアントファイル〉
- 秋保水菓　コンビニなしでは生きられない
- 相沢沙呼　medium　霊媒探偵城塚翡翠
- 新井見枝香　本屋の新井
- 碧野　圭　凛として弓を引く
- 碧野　圭　凛として弓を引く〈青雲篇〉
- 赤松利市　東京棄民
- 五木寛之　ソフィアの秋

2023年6月15日現在